親子の絆に

角川春樹事務所

目次

第一章　秘密

一

明け方の白い光が遠くの空から闇《やみ》に広がる。

江戸の町はまだ眠っていた。澄んだ朝の冷たい秋風が土や草の香りを運び、肌寒さを感じる。陽《ひ》が出ているときにはまだ気持ちの良いくらいだが、朝晩が冷え込む季節だ。

京橋大富町《きょうばしおおとみちょう》にある薬屋『日野屋《ひのや》』の主人辰五郎《たつごろう》は半年前に入った高助《こうすけ》という前髪が取れたばかりの若い奉公人を供に連れて、堺町《さかいちょう》にある中村座《なかむらざ》に向けて歩いていた。

高助は提灯《ちょうちん》を持ちながら、欠伸《あくび》をしている。七つ（午前四時）前に起きたようだ。

「朝早くからすまねえな」

辰五郎は労《ねぎら》った。

「いえ、私は全然大丈夫です。それより、旦那《だんな》さまの方が眠いんじゃないですか？」

高助は目を擦《こす》りながらきいた。

辰五郎のことを旦那というのは、『日野屋』の者くらいだ。他の人たちからは五、六年ほど前まで岡《おか》っ引《び》きをしていた名残で親分と呼ばれている。

「楽しみで起きているんだから平気だ」

芝居は明け六つ（午前六時）から始まる。芝居が跳ねるのは暮れ六つ（午後六時）過ぎだ。行きも帰りも薄暗い中を歩いていかなければならない。ひとりで行けると言ったが、番頭が何かあったらと心配していた。もう四十代の半ばになるが、体の衰えは感じていない。たとえ追剝《おいはぎ》にあっても、相手を叩《たた》きのめす自信はある。

だが、いくら辰五郎が説明しても、心配性の番頭は納得しなかった。

仕方なく、高助を付けさせた。

高助は一度も嫌な顔を見せたことがない。どんな面倒な頼み事でも笑顔で引き受けてくれる。愛嬌《あいきょう》もあり、『日野屋』の贔屓客《ひいききゃく》からも、あいつは良いよと褒《ほ》めの言葉をもらうことが多い。

「菊五郎《きくごろう》が四谷怪談《よつやかいだん》でお岩《いわ》をやる。燃え上がる提灯の中からお岩が出て来るみたいで、楽しみだ」

辰五郎が弾んだ声で言った。

「そうみたいですね。この間、南茅場町《みなみかやばちょう》のご隠居からもその話を聞かされたんです。何でも、ご隠居は初演を観《み》に行ったそうですが、その時にはそんな仕掛けはなかったって仰《おつしや》っていました」

東海道《とうかいどう》四谷怪談の初演は文政《ぶんせい》八年（一八二五）の中村座だ。忠臣蔵《ちゆうしんぐら》と四谷怪談を交互に上演、二日間でふたつの演目を届け、興行は大成功した。

「俺《おれ》はその時は観に行っていねえんだ。もっと早く芝居が好きになっていればよかった」

辰五郎は残念そうに言う。

「え？　旦那さまは芝居がお好きではなかったんですか」

「ああ、俺には捕り物だけだった」

「へえ、そうだったんですか。色々お詳しいから、前から好きなんだとばかり思っていました」

高助は意外そうな声を上げた。

「芝居が好きになったのは捕り物をやめて、少ししてからだ。今日も一緒の棟梁《とうりよう》が誘ってくれたのがきっかけだ」

棟梁というのは、日本橋《にほんばし》伊勢町《いせちよう》に住む宮大工の喬太郎《きようたろう》だ。辰五郎のひとつ年下で、嫌味のない人間で、昔から親しくしている。数年前に女房と別れてから、独り身だ。女房と別れた訳は本人も話したがらないから、詳しくは聞いていない。ただ、口喧嘩《くちげんか》が元で、女房に愛想を尽かされたそうだ。

「棟梁はよく芝居に行っているんですか」

「よく行くってどころじゃない。どんな忙しい中でも、二月に一回は観に行っていた。ここ一年くらいはまったく誘われなかったんだ。棟梁に嫌われるようなことをした覚えはないし、何か訳があるだろうと思っていたんだが、今回誘ってもらって正直ほっとしている」

辰五郎は軽くため息をついた。

「あ、そういえば、噂《うわさ》ですけど、棟梁が身請《みう》けしたらしいですよ」

高助が思い出したように言った。

「身請けを？」

「ええ、何でも吉原《よしわら》の女だそうです」

「誰《だれ》がそんなこと言っていたんだ」

「南茅場町のご隠居が仰っていたんだ」

高助は隠居から可愛《かわい》がられていて、よく話し相手になっているそうだ。どんな偉い人が相手でも、物怖《ものお》じせず、はきはきしているところが気に入っているのだろう。

「そうか。あの方がそう言うなら本当だろう」

辰五郎は大きく頷《うなず》き、

「身請けする金を貯《た》めていたから、芝居に行けなかったのか」

と、何となくそんな気がした。

「しかしな、棟梁はてっきり……」

辰五郎は少し考え込んだ。

「てっきり、何なんですか」

高助がきいてきた。

「いや、別れたおかみさんとよりを戻すのかと思ったんだ」

「良くない別れ方をしたって聞きましたけど」

「そうかもしれねえが、駆け落ちまでした仲だ」

「え？　駆け落ち？」

高助がきき返した。

「そうだ。あのおかみさんは元々やくざの親分の妾《めかけ》だったんだ」

「棟梁もよくそんな大胆なことが出来ましたね」

「まだ若かったし、おかみさんにべた惚《ぼ》れだったからな」

「やくざの親分からは何もされなかったんですか」

「駆け落ちしてから、しばらくして自分の有り金と仲間から借りた金合わせて百両を持って、親分のところにけじめをつけに行った。その時に小指を一本落とすことになったが、それで手打ちとなったそうだ」

「あっ、そういえば、棟梁の左の小指がないですね」

高助は妙に納得していた。何にでも好奇心が旺盛《おうせい》で、一緒にいると気持ちが不思議と明るくなる。辰五郎は高助を心底気に入っていた。

そうこうしているうちに、中村座が見えてきた。

中村座の周囲には筵《むしろ》が垂れていて、並びには芝居茶屋が軒を連ねている。芝居を観るためには大概茶屋を通さなければならない。

喬太郎が申し込みをしていたのは、中村座のすぐ隣にある『大黒屋《だいこくや》』という茶屋であった。

「あっ、あすこに」

高助が声を上げて、少し先を指で示した。

喬太郎が提灯を持って茶屋の前で待っていた。

辰五郎は少し足を速めて、喬太郎に歩み寄った。

向こうも辰五郎に気づいたようで、顔を向けた。

「親分、どうも」

喬太郎が頭を下げる。寝不足なのか、顔が疲れているように見えた。

「昨日の夜は楽しみで寝られなかったのか」

辰五郎は冗談っぽく言った。

「いや、そうじゃないんです。ちょっと色々考えごとをしていたんで」

「考え事？」

「大したことないんです。まあ、入りましょう」

喬太郎が促した。

「そうだな」

辰五郎は答え、高助に顔を向けて、

「ありがとう。わざわざ付き添わせてすまなかったな」

と、駄賃を遣《や》った。

「え、こんなに？」

高助が驚いたように辰五郎を見た。

「いいから、取っておきな」

辰五郎が高助に握らせると、「じゃあ、また夕方迎えに来ます」と、高助は嬉《うれ》しそうに頭を下げて去って行った。

ふたりは茶屋に入った。

すぐのところに三十過ぎの茶屋の番頭がいた。

「親分に棟梁。お待ちしてました」

番頭は丁寧に迎え入れ、

「さあ、おふたりをお連れして」

と、隣で待機している若い者に指示した。

「へい」

若い者は茣蓙《ござ》と煙草盆《たばこぼん》を持って、

「どうぞ、こちらへ」

と、辰五郎と喬太郎を誘った。

若い男の案内で中村座に移動した。

中に入ると、天井は丸太の梁《はり》にすのこを備え付け、それに天幕を張り巡らせてあった。左右には栈敷《さじき》があり、それ以外は桝形《ますがた》に区切られた土間であった。

ふたりは平土間より、一段高くなっている高土間に案内された。

「では、ごゆっくりと」

若い男が去って行った。

土間には薄縁《うすべり》が敷いてあるだけだ。そこに莫蓙を敷き、辰五郎は腰を下ろした。案内してくれた若い者と入れ替わりで、他の男が茶と高坏《たかつき》に乗せた菓子を運んで来た。

まだ小屋は半分ほどしか埋まっていないが、次から次へと客が案内人に連れられてくる。

辰五郎は茶を一口飲んでから、銀煙管《ぎんぎせる》を取り出して、莨《たばこ》を詰めて、火を点《つ》けた。

「お前と芝居に来るなんて久しぶりだな」

辰五郎が喬太郎に笑顔を向けた。

「ええ、ほんとですね」

喬太郎はどことなく暗い表情で答える。

「どうしたんだ」

辰五郎は口から煙を吐きながらきいた。

「ちょっと悩みごとがあって」

「なんだ？　言ってみろ」

「いえ、恥ずかしくて人には言えません」

喬太郎は珍しく歯切れが悪かった。

「そういや、お前さん、吉原の女を身請けしたそうだな」

辰五郎の勘が働いた。

「ええ」

喬太郎は短く答えたが、まるでそのことなんだとばかりに目がきょろきょろ動く。

「その女と何かあったな」

辰五郎は喬太郎をちらっと見て言った。

喬太郎は腹を括《くく》ったように、一息ついてから、

「話せば長くなるんですが」

と、前置きをしてから始めた。

「『加賀屋《かがや》』という中見世《ちゅうみせ》に、玉里《たまさと》という上から二番目を張っている二十一になる女がいて、そいつに三月前から通っていました。なかなか好《い》い女だし、私も女房に逃げられてからもう五年にもなります。四十も過ぎたし、そろそろ落ち着こうかと思って、この女を身請けすることになりました。それがふた月ほど前のことです」

「ふた月も前？」

「ええ、親分にご報告が遅れてすみません。でも、それには訳があるんです」

　喬太郎は茶に口を飲んでから、続けた。

「玉里が私の家に来た夜のことです。玉里とそういうことになるのかと思っていましたら、今日は疲れているからと断られました。まあ、長い間苦界《くがい》に身を沈めていたので、何も無理にしようとは思いませんでした。しかし、次の日も、その次の日も、さらに次の日も玉里は私の誘いを断るんです。あまりにおかしいんで、思い切って拒む訳をきいたんです」

「そしたら？」

　辰五郎は先を促した。

「玉里が涙ながら、『実は私には年季が明けたら、一緒になると言い交わしていた同じ年の半吉《はんきち》さんという男がいました。そのひとは木挽町《こびきちょう》四丁目にある『丸竹《まるたけ》』という小間物問屋の手代です。半年ほど前、京に買い付けに行って、江戸に帰る途中の箱根《はこね》の山中で盗賊に襲われて亡くなってしまったのです。半さんが死んでしまって、私は年季が明けたら、尼寺に入る覚悟でいました。でも、もうお前さんがこうして身請けしてくれたので、妻として尽くそうと思っていたのですが、どうしても半さんが忘れられず、これまでお前さんを拒んできました。もう心を入れ替えます』と語ってきたんです。それから半月経《た》っても毎日暗い顔で暮らしていました」

「棟梁のことだから、玉里に情けを掛けたんだな」

「そうなんです。そんなことを聞いちゃ、玉里が気の毒に思えてならねえですから。でも、一応玉里が本当のことを言っているのか、『丸竹』に行って、確かめましたよ」

「どうだったんだ?」

「確かに、半年前、半吉っていう手代が箱根で殺されたと言っていました。金も相当持っていたことから、物盗《ものと》りの仕業だと思うと言っていたのですが、まだ下手人がわからないようでして」

「玉里が言っていることは嘘《うそ》ではなかったんだな」

「ええ、ちゃんと言い交わした仲の女がいたということも『丸竹』の番頭が言っていました。その女が誰なのかわからないと言っていましたが、あっしは玉里に違いないと思って、あいつの言う通り、尼寺に行くことを認めました。それがひと月前です」

喬太郎が淡々と言う。

「どこの尼寺だ?」

辰五郎はきいた。

「鎌倉《かまくら》の方だって言うんです。そこに半吉という男の親戚《しんせき》の家があるそうです。でも、昨日、たまたま芝浜松町《しばはままつちょう》の方に仕事で行ったら、玉里を見かけました。それも、玉里より少し年上くらいの男と一緒に歩いていて、御菓子処《おかしどころ》と看板が掲げられた店に入って行きました」

「なに？　追いかけて、問い詰めなかったのか」

「そうしようと思ったんですが、他人の空似っていうこともありえると思って諦《あきら》めました。でも、後々考えてみると、やっぱりあの女は玉里では……」

喬太郎は深くため息をついた。

「もし、その女が本当に玉里だったら、お前さん、どうするつもりだ」

「その時には、玉里に俺のとこへ戻らせますよ。だって、最初から騙《だま》すつもりだったんですから」

「相手が嫌だって言ったら？」

「無理やり連れ戻すまでです。こっちは、コツコツ貯めた金で身請けしたんです。そのくらいのことをしないと」

「おい、穏やかじゃねえな。棟梁らしくねえぞ」

辰五郎は軽く注意した。

「じゃあ、どうすればいいんです？」

喬太郎は投げやりにきいた。

「もしも、その浜松町の女が玉里なら、余程の理由があるはずだ。とりあえず、『加賀屋』に払っちまった金は返ってこねえだろうからどうしようもない。玉里と一緒の男から金を取って手打ちをするんだな」

「じゃあ、金で解決しろと？」

「お前さんだって、前のおかみさんと駆け落ちしたとき、金で事を収めただろう」

「まあ、そうですが」

「今回は逆の立場だが、あまり野暮な真似《まね》はしねえ方がいい。お前さんの見る目がなかったということで丸く収めた方が大工喬太郎の名に恥じねえぜ」

辰五郎が諭すように言うと、喬太郎は納得はいっていないようだが、辰五郎の話に耳を傾けて頷いている。

やがて、幕を開ける合図の拍子木《ひょうしぎ》の音が聞こえてきた。

喬太郎は頭を軽く振り、気持ちを切り替えるようにして、舞台に目を向けていた。

芝居は拍手喝采《かっさい》で幕を閉じた。

辰五郎が気になっていた、提灯から菊五郎扮するお岩が飛び出す場面も見られて、大満足であった。

喬太郎も身を乗り出して観ていた。しかし、どことなく落ち着かない様子が見て取れた。

芝居が跳ねたときには、暮れ六つを少し過ぎていた。

辰五郎と喬太郎は余韻に浸りながら、芝居について、ああだこうだと高土間で菊五郎を褒め合っていた。しかし、その間も喬太郎の目がどこか寂しげだった。

「そんなに玉里のことが気になるんなら、俺が調べてやろう」

辰五郎が言った。

「え？　親分が？」

喬太郎は申し訳なさそうな顔をした。

「そうだ」

辰五郎が頷く。

「そんなことさせるわけには……」

「お前が心配だ。その様子だと、仕事にも差し支えがありそうだ」

「たしかに、そうなんですが」

喬太郎は少し考えてから、

「じゃあ、親分、玉里のことをお願いできますか」

と、頭を下げた。

「よし、玉里のことを教えてくれ」

「本当の名前を、おそめと言います。生まれは美濃《みの》で、百姓の子だと言っていました。十四の時に吉原に売られたそうで、先ほども言ったとおり、いまは二十一です。面長の顔、大きな切れ長の眼《め》、高い鼻に薄い唇で遠くから見てもすぐに玉里だとわかります。ずば抜けて美しい女です」

喬太郎は未練がましく言う。

「男の方は？」

「それが、玉里ばかりに目が行って、よく見ていないんです。でも、背はそんなに高くないいんですが、真面目《まじめ》そうできりっとした顔をした、玉里より五、六歳上の職人っぽい男だった気がします」

「そうか、わかった」

辰五郎は頷いた。

見渡すと、もう小屋の中に殆《ほとん》ど客は残っていなかった。

ふたりは折りを見計らって立ち上がり、出口に向かって歩いた。

小屋を出ると、高助が提灯を持って待っていた。

「じゃあ、棟梁。あとは俺に任せておけ」

辰五郎が喬太郎の腕を軽く叩いて、ふたりはその場で別れた。

二

翌日は気持ちの良い秋晴れであった。

辰五郎は昼過ぎまで『日野屋』の店先に出て、常連に薬を渡したり、帳面を付けたりした。それから、客足が一旦《いったん》収まると、番頭に店を任せて『日野屋』を出た。

向かう先は、芝浜松町である。喬太郎の件で調べに行くのだ。その前に、木挽町の『丸竹』に寄って、喬太郎の言っていることが本当に正しいのか確かめてから行こうと思った。

三十間堀川《さんじっけんぼりがわ》沿いを歩いていると、木挽町になる。しばらく、道なりに進むと、馬場が見えてくる。そこが四丁目で、この地には、かつて江島生島《えじまいくしま》事件で廃絶させられた山村座《やまむらざ》があった。いまは他の浄瑠璃《じょうるり》小屋があり、他にも見世物、売卜《ばいぼく》などがおり、商人たちも多く賑《にぎ》わっていた。

『丸竹』は五丁目の江戸三座に数えられる森田座《もりたざ》の通りを挟んで向かいにある蔵造りの大きな店であった。

辰五郎は暖簾《のれん》をくぐった。

中には、大勢の奉公人が忙しそうに働いていた。

辰五郎が店内を見渡していると、二十歳《はたち》そこそこの手代風の男が「いらっしゃいまし。何かお探しで」と土間に下りて話しかけてきた。

「俺は大富町の辰五郎っていうものだ。ここにいた半吉のことで話をききたいんだ」

辰五郎が用件を伝えた。

「大富町の辰五郎さん」

手代はその名前に聞き覚えがあるような顔つきになり、

「少々お待ちください」

と、一度店の奥に下がり、すぐに番頭を連れてやって来た。

番頭は土間に下りて、

「これは大富町の親分。半吉のことでお越しになられたとか?」

と、訊《たず》ねた。

辰五郎はこの店の番頭のことを知らない。だが、自分が知らない相手でも向こうが知っているということはよくある。岡っ引きの時の威光が未《いま》だに残っているのだ。

「半吉が箱根の山中で盗賊に襲われて亡くなったと聞いたが」

「そうなんです。もしや、そのことで親分が調べに？」

番頭が期待するような目つきになった。

「いや、そうじゃねえ。俺は半吉が玉里という吉原の女と懇意であったのかどうか訊ねにきたのだ」

辰五郎は相手をがっかりさせるようだが、正直に答えた。

「玉里という名前までは知らなかったですが、そのような相手がいるということを言っていました。同郷の女だったとか」

番頭は答えた。

やはり、喬太郎が玉里について語ったことに間違いはない。

「ただ、それをききに来ただけだ。邪魔をして悪かったな」

「いえ、そんなことはございません」

番頭はそう言ってから、

「あの、親分。半吉のことは私ら『丸竹』の者たち全員悔しい思いで仕方がないんです。以前、同心の旦那がいらっしゃったのですが、下手人が結局はわからなかったそうです。厚かましいお願いかもしれませんが、親分の方から引き続き半吉の殺しについて探索してくださるように頼んでいただくことは出来ないでしょうか」

と、真剣な顔できいてきた。

「うむ、そうしたいのは山々だが、江戸から離れたところで起きた殺しだから、俺が同心の旦那に口利きしたところで、どうにかなるかはわからねえ」

「はい」

「その件は心がけて置く」

辰五郎は番頭の目をしっかりと見て、約束した。

「ありがとうございます」

番頭は深々と頭を下げた。

「じゃあ、半吉のことで何かわかったらここに寄るからな」

と、辰五郎は言い残して、『丸竹』を出た。

再び三十間堀川沿いを歩き、汐留橋《しおどめばし》を渡った。すぐのところが芝口新町《しばぐちしんまち》である。右に折れて、次の大通りを左に曲がると、芝口一丁目に入る。それから、ずっと真《ま》っ直《す》ぐ歩くと、浜松町になる。

辰五郎は御菓子処と書かれた看板を捜した。

すぐに、いかにも古びているが小洒落《こじゃれ》た二階建ての大きな店に、御菓子処という看板が見えた。暖簾には『二葉屋《ふたばや》』と書かれている。餡子《あんこ》のいい匂《にお》いが店先《たなさき》まで漂ってきた。

玉里は男とこの店に入ったのだろう。

辰五郎が暖簾をくぐった。

中には武士や行商人風の客が疎《まば》らにいた。

「いらっしゃいまし」

奥から二十歳そこそこの愛嬌のある丸顔の女が出てきた。

辰五郎はいきなり例の話を切り出すのも気が引けて、ひとまず入り口近くの床几《しょうぎ》に腰を下ろした。

すぐに店の女が注文をききにやって来た。

「何に致しましょう?」

「適当に見繕って持ってきてくれ」

「はい」

女が一旦奥に下がり、少しして盆を運んで来た。その上には、真っ白な小さめの饅《まん》頭《じゅう》が二つと薄茶が入れられた黒地に白菊が描かれている清水焼《きよみずやき》の茶碗《ちゃわん》とがあった。

「どうぞ」

と、店の女が辰五郎の脇《わき》に盆を置いて去ろうとした。

「ちょっと、ききたいことがあるんだ」

辰五郎は呼び止めた。

「はい、何でしょう?」

店の女が振り返った。

「一昨日《おととい》の昼過ぎにこの店に若い男女が現れなかったか? 女の方は面長の顔、大きな切れ長の眼、高い鼻に薄い唇だ。男の方は、そんなに背が高くなくて、真面目そうな職人風の男だ」

辰五郎は聞いた特徴を言った。

「あ、その方なら覚えていますよ。ちょうど、この床几に座っていました」

店の女はすぐに答えた。

「どんなことを喋《しゃべ》っていたかわかるか」

辰五郎はきいた。

「そうですね……」

店の女は少し思い出すように目を閉じて考えてから、

「あ、まだ見つからないと男の方が仰っていました」

と、しばらく経って言った。

「まだ見つからない？」

辰五郎はきき返した。

「はい。詳しくはわかりませんが。女の方がそれに対して、江戸は広いから、見つけ出すのは無理に近いというようなことを仰っていました」

探しているのは、人だろうか、それとも物だろうか。

辰五郎が考えを巡らせていると、店の女は続けた。

「それで、私がお節介だとは思いましたけど、落とし物なら自身番に届けた方がいいと勧めたんです」

「そしたら？」

「男は首を曖昧《あいまい》に動かしていました。女は『そうします』と言っていましたが、どこか反応が薄かったので、私が的外れなことを言ってしまったのではないかと居心地の悪さを感じたんでした」

店の女は話した。

「ふたりはどのくらいここにいたんだ？」

「ほんの少しでした。ひと休みしにここに寄ったという感じです」

「他に何か話を耳にしたか」

「そうですね……。女の方がまだあそこに泊まっても大丈夫なんでしょうかときいていました。すると、男の方がそれは心配するなと答えていました」

「それから？」

辰五郎は訊ねた。

「いえ、それくらいしか……」

店の女は申し訳なさそうな顔をした。

「色々教えてくれてありがとよ」

辰五郎は礼を言うと、店の女は軽く頭を下げて奥に戻って行った。途中で、客の侍に声をかけられ、追加の注文を受けていた。

辰五郎は薄茶を飲んで、真っ白な饅頭を口に入れた。こしあんの甘さと、程よい塩気があって、すぐにもうひとつの饅頭にも手を伸ばした。

饅頭を食べながら、辰五郎は玉里に似た女と一緒にいた男のことを考えていた。

ずっと、その女が玉里だと考えてきたが、そもそも喬太郎が見たという女は、本当に玉里なのだろうか。他人の空似ということだって考えられる。だが、喬太郎が見間違えるということはあるだろうか。

喬太郎が考えたような、玉里が語った話は全《すべ》て作り話で、間夫《まぶ》と駆け落ちをしたというのとは事情が違うような気がした。

女の言い方からすると、ふたりはどうやら誰かの家に泊まらせてもらっているようだ。それも、男の方の友人か知人だろう。

しかし、女が玉里だとすると、どうして身請けしてくれた喬太郎に嘘をついてまで別れて、男と落ち合ったのだろう。探しているものが、それほど玉里にとっては大切なものなのだろうか。

探しているものは、もしかして殺された半吉のことと関《かか》わりがあるのだろうか。

年季が明けたら一緒になると約束したままでの男のことだ。その手掛かりを探しているということは十分に考えられる。

そうだとしても、一緒にいる男は一体誰なのだろうか。

辰五郎の頭の中に様々なことが渦巻いていた。

いずれにせよ、探しものをしているのだとしたら、色々なひとに聞き込みをしているかもしれない。

店の女が自身番に行くことを勧めたのに従ったのかもしれない。

辰五郎は床几に勘定を置いて、店を出た。すぐ左手の少し先へ進んだところに、屋根の上に火の見梯子《ばしご》が組まれていて、梯子の上の方に半鐘が置いてある自身番が見えた。

辰五郎はそこへ進んだ。番屋の前には三つ道具が立てられ、大きな桶《おけ》がふたつ並べてあった。

中に入ると、間口二間、奥行き二間の小さい所に三人ほど詰めていた。

この自身番を取り仕切っている家主は辰五郎が岡っ引きの頃《ころ》からの知り合いだ。四十くらいだが、痩《や》せていて、白髪交じりで年齢より老けて見える男だ。

「あっ、親分、お久しぶりです」

家主が珍しそうな顔をした。

去年の酉《とり》の市で偶然会ったときが最後だ。かれこれ九か月ぶりである。

「お元気にされていましたか」

家主は自分の敷いていた座布団を裏返して、辰五郎に勧めた。

「まあ、何とかな」

辰五郎はその上に座った。

「聞きましたよ。ご子息が忠次《ちゅうじ》親分の元で随分と活躍しているって」

「よく知っているな」

「ええ、この間、繁蔵《しげぞう》親分が探索しにここまで来たんです。その時に褒めていましたよ」

「なに、繁蔵が……」

辰五郎は驚いたように声を上げた。

繁蔵は日本橋箱崎町《はこざきちょう》に住む岡っ引きで、辰五郎が現役の時には一緒に同心赤塚新左《あかつかしんざ》衛門《えもん》の元で捕り物をしていた。しかし、強引な探索や、罪人を過剰なまでに懲らしめることもあり、辰五郎とはそりが合わなかった。

だが、ひと月ほど前に初めて差しで呑《の》んだこともあり、今までの不仲から少し打ち解けてきた。

それにしても、繁蔵が息子の辰吉《たつきち》までも褒めるとは珍しい。

「親分も何か調べていることが？」

家主がきいた。

「一昨日の昼過ぎ頃に、ここらにいた男女のことだ。女は面長の顔、大きな切れ長の眼、高い鼻に薄い唇で、男は背がそんなに高くない職人風の男なんだ。何かを探しているらしくて、もしかしたらここに来たんじゃないかと思ってな」

「あ、わかりました。そのふたりならここには来ていないんですけど、道行く人たちのことをじろじろ見ていましたね。ちょっと怪しいんで、こいつに声を掛けに行ってもらったんです」

家主が隣に座っている若い店番らしい男に目を遣った。

辰五郎も店番を見た。

「ふたりは特に何をしているわけでもないと言っていましたね。ただ、江戸に初めて来て、江戸の人たちの装いなどが洒落てるっていうんで、つい見惚《みと》れていたっていうんです。訛《なま》りがあって、何となく私の生まれ故郷の美濃に似ている部分があって、私も初めて江戸に来たときはそんな感じだったので、何も問題ないだろうと思っていたのですが」

店番が淡々と告げた。

「もしかして、そのふたりが何かやらかしたんですか」

家主が心配そうな顔で口を挟んだ。

「いや、そういう訳じゃねえ。大したことないんだが、そのふたりを探しているだけだ」

辰五郎が答えた。

「私が話しかけたあと、そのふたりは増上寺《ぞうじょうじ》の方に向かって行ったのですが、その途中で質屋から出てきた御浪人に話しかけていましたよ」

「その浪人というのは誰なんだ？」

「少し離れていたのでよく見えませんでしたが、見かけない顔でした」

「そうか。ちなみに、どこの質屋だ」

「大門《だいもん》通りを真っ直ぐ進んで、七軒町《しちけんちょう》に入ってすぐのところの質屋ですよ。近所に他に質屋はないので、すぐにわかるはずです」

店番が説明した。

辰五郎はその質屋に行ってみようと思った。

「そうか。色々教えてくれてありがとよ」

家主と店番に声を掛けた。

「もしも、ふたりが現れたら、親分のところに報《しら》せに行きますよ」

「わざわざそんなことをさせるのは申し訳ねえ」

「いえ、いいんです。親分のお宅の方に息子夫婦が住んでいるものですから」

「なら申し訳ねえけど、そうしてくれ」

辰五郎はそう頼んでから自身番を出た。

それから、店番に言われた通り大門通りを真っ直ぐ進んだ。七軒町はすぐ隣町だ。その先は芝神明《しばしんめい》である。それもあって、参拝客も多く、土産物屋《みやげものや》が並んでいた。その中でひと際目立たない、質と書かれた看板がかかっている小さくて古そうな店が見えた。

表戸も閉まっており、商いをしているのかどうか外から見ただけではわからなかった。

辰五郎は戸を引いて、中に入った。

店内は薄暗く、少しかび臭かった。奥の方から猫背で白髪交じりの冷めたような目をした店主と思われる中年の男が出てきた。

「いらっしゃいまし」

店主は低い声で、軽く頭を下げた。

「お前さんに少し訊ねたいことがあるんだが」

辰五郎がそう言うと、店主は顔をしかめた。

「一昨日の昼過ぎ、ここに来た御浪人が店を出たあとに若い男女ふたりに話しかけられたそうなんだが、覚えていないかい」

「ああ、確かにそんなこともありましたね」

「俺はそのふたりを探しているんだが、その御浪人が誰だか教えてくれないだろうか」

「……」

店主は目を背けて、しばらく黙った。

「駄目か？」

辰五郎は覗《のぞ》き込むようにしてきいた。

「駄目っていうわけじゃありませんが、うちに来られる方はあまり顔を見られたくないような方ばかりでございます。それを簡単に話してしまうのは、ちょっと店の信用に関わりますので」

店主は遠回しに断った。

その言い分がわからなくもなかった。浪人や仕官している武士でも、生活が苦しくて、先祖代々受け継がれている物を質に入れるというのはよく聞く話だ。侍は誇りが高いので、そういうことを隠したがる傾向にある。

「俺は怪しい者じゃねえ。昔岡っ引きをしていた辰五郎っていうもんだ。自身番や店番に聞いてもらえば、俺のことを知っているはずだ」

辰五郎は説得しようとした。

「いえ、私もお名前は存じ上げております。でも、こういうことは……」

店主はそれでも首を縦に振らない。

玉里らしき女と連れの男のことは、きき回れば他でもわかるかもしれない。辰五郎は無理にきこうとはせず、

「その男はよくここに来るのか」

と、きいた。

「そうですね」

「なら、今度その御浪人がいらっしゃったときに、俺が話をききたいと言っていたと伝えてもらえるか？　それでよいようなら、取り次いでもらいたい」

「まあ、それなら」

店主は気の進まない顔をしながらも頷いた。

「では、よろしく頼んだ」

辰五郎はそう言って、質屋を出た。

それから、七軒町で玉里らしき女と連れの男のことをきいて回った。見かけたという者は数人いたが、話しかけられた者はいなかった。

あまり長い間『日野屋』の方を空けられないので、今日は諦めて帰ることにした。

ともかく、半吉の殺しについて知らなければならないと思った。今度、赤塚新左衛門に頼んで、小田原《おだわら》藩の探索の様子をきいてきてもらおうと考えた。

三

雲がない真っ青の空で、さらし木綿のように爽《さわ》やかな風が吹いている。日差しが強く、中秋というのに、汗が出るほどであった。

通油町《とおりあぶらちょう》の忠次親分の手下、辰吉は和泉橋《いずみばし》を渡り、佐久間町《さくまちょう》の自身番を過ぎて、『薩摩屋《さつまや》』と書いてある小さな土蔵造りの店の暖簾をくぐった。辰吉は二十の歳《とし》で、顔も随分と大人びてきた。捕り物にも慣れてきて、自信が付いてきた。

辰吉が土間に足を踏み入れると、無数の刀剣や槍《やり》が並べられていた。

正面に五十くらいの恰幅《かっぷく》がよい男が座っていた。優しそうな円《つぶ》らな瞳《ひとみ》をしており、辰吉を見るなり、「待っていたよ」と声を上げた。

奉公人を一人しか雇っていない小さな店で、その奉公人の母が死に、国許《くにもと》に葬儀の為《ため》に帰らなければならないということで、辰吉に暇なときに顔を出してくれと言われていた。

刀剣のことは、昔奉公していた御家人から仕込まれたので心得がある。ここの旦那ともその頃の付き合いだ。

「で、何でしょうか」

辰吉が店内を見渡してきいた。

今までに見たことのないような高値の名刀から、下級武士でも少し手を伸ばせば買えそうなものまで幅広く扱っている。この旦那の人柄が良いこともあってか、神田界隈《かんだかいわい》で刀剣といえば、誰もがここに来る。馴染みに様々な流派の師範をしている有名な剣豪たちも多い。近頃、新陰流《しんかげりゅう》の当代が、『薩摩屋』に行けば間違いがないと弟子たちに言ったらしく、その噂が広がり、以前に増して繁盛している。

「昨日、買い取った刀を見て欲しいんだ」

旦那は立ち上がり、近くの刀立てに向かった。

辰吉はその間に履き物を脱いで店に上がり、旦那の傍《そば》へ寄った。

「これだ」

旦那が刀を差し出した。

辰吉は両手で丁寧に刀を受け取った。ずしりと重く、漆黒の鞘《さや》に目立つ刀傷があった。鞘を抜かずに、相手の剣を受けたのだろう。そうするとこのような傷が出来ると以前仕えていた御家人から教えてもらったことがある。

しかし、新しそうな刀であった。

「失礼します」

辰吉は鞘から刀を抜くと、日の明かりにかざしてみた。

すると、刀身が千手観音《せんじゅかんのん》のように全方向に日光を弾《はじ》いた。

「これは……」

辰吉は言葉を失った。

ここまで見事に光を放つ刀を見たことがない。刃に近づいただけで、斬《き》れてしまいそうな恐ろしさを感じた。

体の底に湧《わ》き上がってくる妙な興奮を覚えた。

刀身に彫られている太刀銘を確かめると、菊八《きくはち》とあった。しかし、その名前は聞いたことがない。

「菊八とはどんな刀匠なのですか」

辰吉は素朴な疑問をぶつけた。

「いや、それがわからないのだ」

「え？　わからない」

「聞いたことない名前だ。まだ名の知れていない刀鍛冶《かたなかじ》かもしれない。お前さんも菊八というのに心当たりはないんだな」

「いえ、ありません」

辰吉は即答した。

江戸一番目利きの刀剣屋だと思っている旦那がわからないというなら、自分にわかるはずがない。

「ちなみに、この刀を売りにきたのはどんな人ですか」

辰吉はきいた。

「二十七、八くらいで旗本の屋敷に出入りしている行商人で、何でも暮らしが貧しいからと殿さまに言われて売りに来たそうだ。このことは公言しないでくれと言われている」

辰吉はもう一度刀を見て、

「それで、いくらで買い取ったんですか」

と、きいた。

「十両だ」

旦那はあっさりと答えた。

「え？　たったの十両？」

辰吉はあまりの少額に驚いた。いくら名のない刀とはいえ、これは後々に値のつきそうな刀である。少なくとも三十両は下らないと見積もっていた。

「相手もよく十両で売ってくれましたね」

「あまり刀に詳しくないと見えて、十両でも喜んでいた」

辰吉は少し考えたが、

「こんないい刀を……」

と、すぐに刀に思いを寄せた。

旦那が良い買い物をしたと思う一方、何だか勿体《もったい》ないことをしたとも思った。それは、こんな素晴らしい刀が十両という値になってしまったことへの哀れみでもある。

「お前さんは、この刀がそんないいものだと思うか」

旦那が首を傾《かし》げた。

「ええ、思いますとも」

辰吉は自信満々に答えた。

「そうかな？」

すると、旦那は訝《いぶか》し気《げ》な表情をした。

「旦那はそう思わないんですか」

「うん、確かによく出来た刀だが、どうも好きになれないんだ。何かが違うんだ」

「何かっていうと？」

「それはわからない。だが、ともかくあれはよく出来た刀というだけに過ぎない。だから、十両くらいが妥当だろう」

旦那は自分自身に言い聞かせるように言って、頷いていた。しかし、辰吉は旦那が目利きの刀剣屋だということは大いに認めるが、このことに限っては自分のほうが正しいと思った。

「今夜、刀剣屋の仲間たちの寄合《よりあい》がうちであるんだ。その時に、皆に意見をきいてみようと思う」

「そうですか。皆さん、あっしと同じように思うはずですよ」

辰吉は決めつけるように言った。

その後、すぐに言い過ぎたと思った。だが、旦那は嫌な顔をせずに、笑ってやり過ごした。

「まあ、用はそれだけだ」

旦那は言ったが、辰吉はついでだからと、他の刀剣の手入れなどをした。

その間に、客は頻繁に来ていた。何も買わないで行くものが殆《ほとん》どだったが、旦那と刀剣の話を語り合うのを楽しみとしているようだ。

辰吉は翌日も来る約束をして、この日は帰った。


そして次の日、辰吉は再び『薩摩屋』にやって来た。

「どうでした？」

辰吉は旦那の顔を見るなりきいた。

「何人かに聞いたが、やはり菊八という刀鍛冶は知らないと言っていた」

「そうですか。で、皆さんに刀を見せたのですか」

「ああ、見せた」

「どういう反応でしたか」

「お前さんの言う通り、そのうちとんでもない値が付くような名刀になると言っている者もいた。わしと同じ意見の者もひとりいたが……」

旦那はどこかしんみりと言った。

辰吉は声には出さないものの、安堵《あんど》した。やはり、自分は間違えていないのだろうという自信につながった。

辰吉はもう一度あの刀を手に取ってみたくなった。あの時の血が騒ぐような感触が忘れられない。

「それで、あの刀はどこにあるんですか」

辰吉は店を見渡してきいた。

「蔵にしまってある」

「え？　どうしてです？」

「あの刀はどうしても好きになれない。ここに置いておくのもどうかと思ったんだ」

旦那は首を僅《わず》かに傾げた。

「それなら、あの刀をあっしに売ってください」

辰吉は頼んだ。

もちろん、すぐに払える金は持っていない。しかし、旦那のことだから、少しずつ払えばいいだろうと考えた。

しかし、旦那は難色を示した。

「それは出来ない。昨日も、あの刀を二十両で売ってくれと仲間に言われたんだが、断ったところなんだ」

「では、一体、あの刀をどうするつもりなんですか」

「売ってしまえばいいんだが、どうも不吉な予感がするんで、神社にでも収めようかと思う」

「不吉ですって？　それなら、あっしに譲ってくれてもいいじゃないですか」

「いや、駄目だ。あれは持ってはいけない刀のような気がする。それにしても、菊八というのは……」

旦那は眉を顰《ひそ》めて言った。

その時、「失礼するぞ」と店に三十代半ばで、大柄な向こう傷のある目つきの鋭い浪人が入って来た。浪人は黄ばんで染みがいくつも付いた白い単衣《ひとえ》に、くたびれた袴《はかま》を付けている。

「これは、山下《やました》さま」

旦那は丁寧に頭を下げた。

「通りがかりに話が耳に入って来たのだが、菊八と申していたな」

山下と呼ばれた浪人がきいた。

「ええ……」

旦那が戸惑ったように答える。

「菊八っていうのは、刀のことだな」

「はい、そうでございますが」

「見せてみろ」

「本当に、お見せできるものではございません」

「いいから」

山下は横柄な物言いをした。

旦那は躊躇《ためら》いながらも、

「では取ってまいります」

と、渋々蔵に向かった。

「お主、初めて見る顔だな」

山下が辰吉を見て言った。

「ちょっと、手伝いに来ているだけなんです」

「そうか、普段は何をしておる」

「通油町の岡っ引き忠次親分の手下です」

「岡っ引きの手下か」

山下が呟《つぶや》き、

「刀剣の目利きは出来るのか」

と、きいた。

「ええ、昔、ある御家人のところで奉公をしておりまして、その折に習いました」

辰吉は答えた。

「では、この刀もわかるか？」

山下が赤と黄色が混じった下げ緒の鞘から腰の刀を抜いて、辰吉の目の前に刀身を見せつけてきた。下げ緒が古びてちぎれそうであった。

辰吉が両手を出して、刀の柄《つか》に触れようとした時、

「何をする」

山下が厳しい声を浴びせた。

「え？　こちらを拝見しようと……」

「触っていいとは言っておらん。見ただけで目利きをしろ」

山下が言い付けた。

腹が立つ気持ちを抑え、刀に目を向けた。刀身が長く、反りが浅い。刀身に入った筋が丸い木の年輪のような模様に見える杢目《もくめ》肌である。

辰吉は、はっとした。

「虎徹《こてつ》ではございませんか」

「そうだ、少しは見る目があるようだな」

山下は嬉しそうに言って、刀を鞘にしまった。

名刀工長曽禰《ながそね》興里《おきさと》が作った傑作だ。興里は斬れ味にこだわって刀を作っていた。今まで見たことがなかったが、話には聞いていた。

その名刀をこんな浪人が持っているというのに、違和感を覚えた。虎徹は有名なだけに、偽物が多く出回っているという。これも、偽物のうちのひとつなのだろうか。

「この刀はどうやって手に入れたのですか」

「わしが藩の御前試合で勝利した褒美にこれを貰《もら》ったんだ」

「山下さま、お待たせいたしました」

旦那がそう言って戻ってきた。そして、刀を山下に差し出した。

山下は手に取った瞬間、口元が緩んだ。

鞘から刀を抜いて、目の間にかざし、軽く振り下ろした。

風を斬る重たい音が聞こえた。

山下の目が輝いた。

「見事だ。虎徹よりも斬れ味がよさそうだ」

「しかし、何かが違うと思うんです」

旦那は言った。

「何を言っておる。これほど素晴らしい刀はない」

山下は刀に見惚れながら、

「菊八と書いてある。やはり、あの男だ」

と、思いだすように言った。

「あの男というのは？」

旦那がきき返した。

「二年ほど前、国表から江戸までの遣いの途中の浜松の宿の旅籠《はたご》で、若い職人風の男の持っていた刀を見せてもらったんだ。ある神社に奉納すると言っていた。その刀も素晴らしかったが、こっちの方が遥《はる》かに優れている。それを買おうとしたが、まだ売り物になっていないのでと断られた。その男がたしか菊八という名前だったんだ」

「じゃあ、その刀鍛冶が作ったものかもしれませんね」

「そうかもしれぬな。菊八は今に江戸に出て、天下の名工として名を馳《は》せると大きなことを言っていたんだ」

山下は懐かしむように語った。

「菊八はどこの刀鍛冶なんですか」

「それはわからぬ」

「もしかしたら、その刀鍛冶が言っていたように、もう江戸に出ているかもしれませんね。それを探っていけば……」

旦那は自分に言い聞かせるように呟いた。

「この刀をわしに譲ってくれ」

山下が改まった声で言った。

「えっ、これをでございますか」

「何か不服か？」

山下が、ぎろっと睨《にら》んだ。

「いいえ、そういうわけではございませんが、これは売るような代物ではございませんさん」

旦那はやんわりと断った。

しかし、山下は引き下がろうとしない。

「さては、わしのことを見くびっておるな」

山下が威圧するように旦那を睨みつけた。

「いいえ、そうではございません」

「なら、売ってもよかろう」

「二十両でございます」

旦那は仕入れた時の倍の値を言った。売りたくないからのようだ。

「代金は二、三日のうちに持ってくる。今日はこれから人と会う約束があるんだ。決して他人に売るなよ」

山下は旦那に刀を返し、店を出て行った。

「旦那、今のは何です？」

辰吉は山下が店から離れたのを確かめてから、旦那に向かって不満げにきいた。

いくらなんでも、今の浪人は横柄すぎる。それに、普段ならしっかり構えている旦那が、あんな弱気な態度を取ることも気に食わなかった。

「近所に住む山下左衛門《さえもん》さまという御浪人なんだが、気難しい方なんだ。それに気も短い」

旦那はいくらか声を小さくして答えた。

「気難しいって？」

辰吉はきき返した。

「普段は別に悪い人でもないが、何か気に入らないことがあると別人のように怒りを見せるんだ」

旦那はため息混じりに答えた。

「山下さまが二十両の金を集められるんですかね」

辰吉はさっきの汚らしい身なりを思い出していた。

「さあ、どうだろう。腕も立つので、用心棒で生計を立てているらしい。それに、危険な仕事を引き受けたり、知り合いから金を集めてでも代金を持ってくるだろう。まあ、金を作れなかったら、あの刀を売らなくて済む。それに越したことはない」

旦那はそう願っているかのように答えた。

辰吉は旦那がそこまであの刀を嫌う理由がわからなかった。

「辰吉、忙しいか」

「何でですか」

「これから湯屋《ゆや》に行くんだが、一緒にどうだ？」

「湯屋ですか」

「昔はよく行ったじゃねえか」

「そうですね。行きましょう」

「ちょっと待ってくれ。すぐ支度してくる」

旦那は奥に行った。辰吉は外で待っていた。

四

それから少しして、辰吉は近くの湯屋へ『薩摩屋』の旦那と一緒に行った。

番台には五十過ぎの女が座っていた。

「おや、旦那。新しい人かい？　好い男だね」

女が笑顔を向けてきた。

「いや、この人は忠次親分の手下だよ。昔からの知り合いだ」

「忠次親分？　だったら、この人に頼もうかしら」

女が困り顔で言った。

「何がだ」

旦那がきいた。

「山下さまのことよ……」

「何があったんだ」

旦那がきいたときに、入り口に人気《ひとけ》が差した。

女が「あっ」と入り口の方を見て声をあげた。

辰吉が振り返ると、山下左衛門がいた。

山下は手に風呂敷《ふろしき》を持ち、

「これまでの湯銭だ」

と、風呂敷を番台の女に向かって投げた。

女が風呂敷を受け取ると、山下は特に何も言わずに湯屋を出て行った。

女は風呂敷を開けると、

「きゃー」

突然叫んだ。

「どうしたんだ」

旦那がきいた。

「これを……」

女は驚きのあまり声が出なくなったようで、風呂敷を旦那に押し付けるように渡した。

風呂敷には湯銭と一緒に女の生首があった。

旦那も「ひぇっ」と泡を食った声を出し、首を落とした。

辰吉がしゃがみ込んで、首を持ち上げると、それはよく出来た偽物だった。

「おふたりとも驚くことありませんよ。造りものですよ」

辰吉が説明した。

「あの方も人が悪い」

旦那は強張《こわば》った表情をしたままで、番台の女に至ってはまだ声が出せないようであった。

いたずらにしても質《たち》が悪い。

「それにしても、なんでこんなことをするんです？」

辰吉が憤ってきいた。

「今朝来たときに、ここ数日の湯銭を払ってもらわなきゃ困りますよって強く言って追い返しちゃったのさ。それを根に持っていたんだろう。そういえば、以前にそういうことがあったとき、玩具《おもちゃ》のへびを投げつけていったんだよ。そういうつまらない嫌がらせをする人なんだ」

女がため息をついた。

辰吉は湯屋を飛び出し、山下を追った。

少し先の方に大手を振って歩いているのが見えた。

辰吉は駆け寄った。

「もし、山下さま」

辰吉が声を掛けると、山下は振り向いた。

「『薩摩屋』にいた者だな」

「ええ」

「何の用だ」

「さすがに今のは酷《ひど》いんじゃございませんか。いくら造りものだと言っても、度が過ぎていませんか」

辰吉は強い口調で怒りをぶつけた。

「いいんだ、あれぐらい。わしを馬鹿にしているんだから」

山下は憤然と言って、歩き出した。

辰吉はまだ文句が言い足りず、何度か呼び止めたが、

「これから、出かけるんだ」

山下は追い払うように言った。

「山下さま、二十両は作ることが出来るんですか」

辰吉は心配そうにきいた。

「必ず作る。わしはあの刀が欲しいんだ」

山下は力強く言って、先へ進んだ。

その背中を辰吉はずっと見送っていた。


その日の夕過ぎ、辰吉は実家の大富町にある『日野屋』に帰っていた。居間に行くと、妹の凛《りん》も父親の辰五郎も揃《そろ》っていた。母は八年前に亡くなっている。

「兄さん、疲れていそうね」

凛が言った。

「そうか？」

辰吉が言い返すと、

「何かあったのか」

辰五郎も心配そうにきく。

「いや、何もないよ。ただ、神田佐久間町に山下左衛門っていう気難しい浪人がいて……」

と、昼過ぎにあった、山下が生首の造りものを湯銭と一緒に持って来て、嫌がらせをしたできごとを話した。

「信じられない。そんな意地の悪い浪人がいるのね」

凜が呆《あき》れていた。

「まあ、そういう奴《やつ》はどこにでもいるな」

辰五郎は苦笑いした。

「ねえ、その浪人を捕まえられなかったの？」

凜がきいてきた。

「別に湯銭を払わなかったわけではないし、本物の生首ではねえからな。ちょっといたずらが過ぎただけだ」

「でも、そんな浪人なら他にも悪いことやっているんじゃないの？」

凜が決めつけるように言った。

「そこまで悪いひとではないと思うけど」

「でも、迷惑しているひともいるんでしょう？」

凜が納得出来ないような口調できく。

「本当に悪いことをしたら捕まえるさ」

辰吉は答えた。

「侍相手にあまり無茶をするなよ。下手に逆らって命を落としたら元も子もねえ」

辰五郎が心配した。

「でも、親父《おやじ》だって、いくら侍だろうが、悪事は見逃せないだろう」

「まあな」

「親父がまだ岡っ引きだったら、逆らうんじゃないのか」

「そうかもしれねえがな。でも、親としては心配だ」

辰五郎が複雑な表情で言った。

「心配は出来るだけ掛けないようにするよ」

辰吉はそう言い、

「それより、親父は最近どうなんだ？　また誰かの相談事に乗っているんじゃないのか」

と、きいた。

「そうなのよ。今度は棟梁の……」

凜が口を挟んだ。

「棟梁って、喬太郎さん？」

「そうよ」

「棟梁に何かあったのか？」

辰吉が辰五郎にきいた。

「大したことじゃないんだが、身請けした吉原の女に騙されたって言ってな……」

と、一連の流れを聞いた。

「あの棟梁も、ああ見えて諦めが悪いんだな」

辰吉は意外に思って言った。

「前のおかみさんと別れてから、ちょっとな……」

「どうして、別れることになっちゃったんだっけ？」

「それがよくわからねえんだ。棟梁はただ愛想を尽かされただけだと言っているんだが」

「あんないい男なのに、何があったんだろう」

辰吉は呟いた。

「そういえば、棟梁の別れたおかみさんとこの間会ったわ」

凜が思い出したように言った。

「どこでだ？」

辰吉がきいた。

「神田同朋町《どうぼうまち》の方よ。ちょっとお話したんだけど」

「おかみさんは何か言っていたか」

「棟梁と別れてから、まだ独りみたいよ。好いひともいないみたいだし、棟梁のことをずっと口にしていたから、もしかしたら未練があるんじゃないかと思ったんだけど」

「まあ、あのふたりは駆け落ちをしたくらいだからな」

辰五郎が口を挟んだ。

駆け落ちの話は辰吉も知っていた。それもあって、喬太郎のことをすごい人だと思っていた。

「まあ、棟梁に新しい好い女が見つかるといいな」

辰吉は言った。

「そう？　絶対、別れたおかみさんとよりを戻した方がいいわよ」

凜が言い張った。

「親父はどう思う？」

辰吉は辰五郎を見た。

「俺も別れたおかみさんとまたやり直した方がいいと思う」

辰五郎は答えた。

「そうか。まあ、互いがまだ好き同士であれば、そうかもな」

辰吉は納得して頷いた。

それからも、よもやま話をして、しばらくしてから辰吉は通油町の長屋に戻って行った。おりさと話したりするのもいいが、家族と過ごしている時も、辰吉は何となく好きだった。

五

翌日の朝、辰吉は裏長屋を出ると、料理茶屋『一柳《ひとつやなぎ》』に向かった。

『一柳』は岡っ引きの忠次の店だ。元々、忠次の女房の父が営んでいたが、婿養子に入り、いまは二代目の主《あるじ》である。しかし、捕り物の方もあるので、女房が店を取り仕切っている。

裏口から入り、廊下を伝って忠次の部屋に行った。

忠次は煙管を咥《くわ》えながら、考えごとをしていた。

「親分、おはようございます」

辰吉は挨拶《あいさつ》をして、忠次と向かい合わせになるように座った。すると、続けざまに兄貴分の手下の安太郎《やすたろう》や福助《ふくすけ》がやって来た。

　こうやって、毎朝集まって、各々が耳にしたり、調べたことを報告する。掏摸《すり》や窃盗《せっとう》から、殺しまで何から何まで、どんな些細《ささい》なことでも話すように言われている。

　まず、忠次から話し始めた。

「表茅場町《おもてかやばちょう》の長屋で殺しがあった。繁蔵親分が探索している。殺されたのは、三十くらいの草野小次郎《くさのこじろう》という御浪人で、死んでから数日が経って見つかったそうだ。まだ、誰に殺されたとか、何のために殺されたというのはわからない。だが、もし何かそのことで聞くことがあれば、教えてくれ」

「へい」

　一同は返事をした。

「次に辰吉は何かあるか」

　忠次がきいた。

「まだ事件というほど何か起こしたわけではないのですが、神田佐久間町に山下左衛門という厄介な浪人がいるんです。『薩摩屋』で二十両の刀を買おうとしていたのですが、持ち合わせがなかったようで、金を作ってくるから他人に売るなと言い付けておりました。金の余裕がありそうにも見えないので、二十両をすぐに作れるとは思えません。用心棒をして生計を立てているらしいですけど、『薩摩屋』の旦那は危険な仕事を引き受けたり、知り合いから金を集めてでも代金を持ってくると言っているのですが……」

辰吉は山下の顔を思い浮かべながら、不満な口ぶりで言った。

「近頃はその手の浪人が多くて困るな。でも、金をふんだくったわけでもないんだろう」

「ええ、そうなんですが、それだけじゃないんです。佐久間町の湯屋に行ったときにも、だいぶ湯銭を払わなかったそうで、店の者が払うように注意したんです。そしたら、何の嫌がらせか、女の生首を持ってきて渡したんです」

「なに、生首？」

「もちろん、これはよく出来た人形でしたが」

「悪い冗談だな」

「親分、そいつを懲らしめることは出来ねえですか」

辰吉は強い思いできいた。

「その程度じゃ、こっちも手が出せねえな」

「でも、このままなら、いずれ何か問題を起こしますよ」

辰吉は強い口調になった。

「その時に、手を打とうじゃねえか」

忠次は興奮している辰吉をなだめるように言った。「それじゃ遅いですよ」と喉元《のどもと》まで出かかったが、ぐっと堪《こら》えて飲み込んだ。

「じゃあ、山下左衛門さまのことは目を光らせておきます」

辰吉は自分を納得させるように頷いた。

「安太郎、お前は何かあるか」

忠次が次に移った。

安太郎は近所であった空き巣のことを話した。福助は特に何もないと言っていた。

それから、忠次は安太郎を連れて同心赤塚新左衛門の見廻《みまわ》りのお供のために『一柳』を出た。

辰吉は忠次と安太郎たちと別れ、神田佐久間町に向かって歩き出した。

小伝馬町《こでんまちょう》、岩井町《いわいちょう》、松枝町《まつがえちょう》などを通って北に向かって進むと、やがて神田川にぶつかる。そこから上流に向かって一つ目の和泉橋を渡れば、すぐに神田佐久間町であった。

『薩摩屋』に入ると、旦那が頭を抱えていた。

「ついさっき、山下さまがお越しになって、二十両を払っていったのだ」

辰吉はきいた。

「どうしたんです？」

旦那はその二十両を見せてきた。

「え？　山下さまが？」

まさか、山下が急に二十両の金を拵《こしら》えられるなんて信じられなかった。

「受け取ってしまったので、山下さまに刀を渡さないわけにはいかなかった。でも、こんなにすぐ金を作ってくるなんて、どうしたんだろう」

旦那が不思議そうな表情で言った。

「山下さまに訊ねてみなかったんですか」

「ああ」

「そしたら、なんて？」

「お前さんには関係ないと一蹴《いっしゅう》されただけだった」

旦那は苦笑いした。

「とにかく、後であっしが調べてきますよ」

辰吉が言った。

「調べるって言ったって、どうやって？」

「山下さまが金を拵えたのは、昨日の昼から今朝にかけてです。まあ、今朝金を手に入れたとも思えないですし、そうすると、昨日の夕方から夜にかけてですね。その時の山下さまの行動を探ればわかります」

「そんなことを調べると、面倒なことになるかもしれないぞ」

旦那が心配した。

「それには及びませんよ」

辰吉は軽い気持ちで答えた。

「山下さまはどちらに住んでいるのですか」

辰吉はきいた。

「昨日行った湯屋の裏にある長屋だ。一番奥の左手の家がそうだ」

旦那が教えてくれた。

それから、辰吉は『薩摩屋』を足早に出て、湯屋の裏長屋にやって来た。

井戸端の広場では、中年のおかみさんふたりがお喋りをしていた。ひとりは小太りで、もうひとりは痩せていた。

辰吉が近づくとふたりは会釈をした。

「あの、山下左衛門さまっていうのは、この長屋に住んでいますか」

辰吉は怪しまれないために訊ねた。

「そうだよ。山下さまに何か用かい」

小太りのおかみさんが答えた。

「ちょっと、忘れ物を届けに来たんです」

辰吉は誤魔化した。

「それなら、預かっておくよ」

「いえ、お伝えすることもあるので、また来ます」

辰吉はうまく誤魔化してから、

「山下さまというのは、どのようなお方なのですか」

と、きいた。

すると、おかみさんふたりは顔を見合わせて苦笑いした。

「どのようなと言われてもね……」

痩せたおかみさんが言葉を濁す。

「あまり素行がよろしくないのですか」

辰吉は突っ込んできいた。

「いや、そんなことはないですよ」

小太りのおかみさんが否定した。

「でも、気が短くて、気に入らないことがあると怒鳴ったりするんじゃないですか」

「夜中に酔っぱらって大声で唄《うた》ったり、顔を合わせても挨拶してくれない時もあるけど、それくらいで、そういう人だと思えば、何とも感じないよ」

小太りのおかみさんが呆れたように言った。

「山下さまは普段何をされて稼いでらっしゃるのですか」

辰吉は念のためにきいた。

「色んなとこで用心棒をしているんだ」

痩せたおかみさんが答えた。

それから、山下についていくつか訊《き》いてみたが、特にそれ以上悪い印象を得られるものはなかった。

辰吉は礼を言って、その場を離れ、長屋木戸を出た。

その時、目の前に山下が現れた。

山下は辰吉と目が合うなり、おやっという表情をした。

「お主は『薩摩屋』であった岡っ引きの手下だな」

「はい」

辰吉は言葉短めに答える。

「こんなところで何をしておるのだ」

山下は訝し気にきいた。

「さきほどお買いあげになった刀をもう一度拝見したいと思いまして、伺ったのです。そのお腰の刀がそうですね」

「お主もこの刀を気に入っておるのか」

「ええ、これほどの刀は他に見たことがありません。その刀をもう一度だけ持たせて頂くことは出来ないでしょうか」

「ならん、これは誰にも触れさせません」

山下は断固として拒んだ。

「そうですか。それは失礼いたしました」

辰吉は適当に頭を下げて、足早に立ち去ろうとした。

「待て」

山下が呼び止めた。

「はい？」

辰吉が振り返る。

「お主がここに来たわけは大体想像できる。わしがどこで二十両の金を作ったか探りに来たのだろう」

山下が睨んだ。

「いえ、そういうわけでは……」

「隠したって無駄だ。あの金はちゃんとした金だ。いくら浪人であろうとも、二十両の金くらい、いつでも作れる。もう二度とそんなつまらぬ詮索《せんさく》をするでない」

山下は人差し指を辰吉の目の前に突き付けた。

「はい、申し訳ございません」

辰吉はここで何か言い返すと余計に相手を怒らせるだけだと思い、素直に謝った。

山下は見下すような目で辰吉を見ながら頷いた。

「ついでだから、お主にひとつ頼みがある」

「何でしょうか」

「昨日見せた虎徹があっただろう」

山下がきいた。

辰吉の頭に、山下が見せてきた長い刀身の刀が浮かんだ。

「はい」

「あれを金杉《かなすぎ》の方でなくしたんだ」

「金杉と申しますと、芝でございますか？」

「そうだ。どこかに置き忘れてきたのかもしれない。誰かが拾って、どこかに売り払っているかもしれない。それを探してくれぬか」

「探すにしても、そんなすぐに見つかるかどうか……」

辰吉は断りたかった。

「いや、見つかるだろう」

山下は当然のように言い付けた。

「しかし、どうやって山下さまの虎徹かどうかわかりましょうか」

辰吉は訊ねた。

「虎徹を持っている者はそう多くない。探してきてくれるな。岡っ引きの手下なら、それくらい出来るだろう」

山下は有無を言わせぬ物言いだ。

「あっしも忙しくて。探せるかどうかわかりませんけど」

辰吉は探した振りをして、見つからなかったと言い訳しようと考えた。

「岡っ引きの手下なら、そのくらいするのは当たり前だ」

「ともかく、そのことを頭に入れておきます」

辰吉は適当に返事をした。

「あの虎徹はとても金で買えるものではないが、少なく見積もっても五十両はするだろう」

山下は真剣な目で辰吉に言った。

「では、頼むぞ」

山下は辰吉の肩を叩いて、長屋木戸をくぐって行った。

辰吉は山下の後ろ姿を見つめ、相変わらず強引な男だと呆れた。

空はもう暗くなってきた。

ぽつんと、冷たいものが辰吉の頰《ほお》にかかる。

本当に刀をなくしたのだろうか。刀をそんなに簡単になくすものだろうか。盗まれたのだろう。そういえば、菊八を売りに来た男もいた。そのことも気になる。

日本橋に向かって歩き出した。

今夜は六つ半（午後七時）におりさと会う約束をしている。

おりさというのは、辰吉が以前関わった事件をきっかけに知り合った娘だ。歳は十七で、田所町《たどころちょう》にある鰻屋《うなぎや》『川萬《かわまん》』で働いている。

辰吉は一度、自宅に戻り、傘を持って出かけた。まだ六つ半までにはありそうなので、湯屋で体をさっぱりさせてから、『川萬』へ行った。

夜になって少し肌寒くなり、霧雨が降るなか、店の前で傘を差している女がいた。

「おりささん、待たせてすまなかった」

と、後ろから声をかけた。

すると、おりさは振り向いた。顔に若干の幼さは残るものの、目鼻立ちの整った綺《き》麗《れい》な顔をしている。

「ついさっき、出てきたところよ」

おりさは嬉しそうに答えた。

ふたりは堀江町入濠《ほりえちょういりぼり》に向かった。いつもそこの多葉粉河岸《たばこがし》を語らいながら歩いている。

「こんな雨でも大丈夫か」

「このくらい平気よ」

おりさはそう答えた。

「今日、お遣いの帰りに近所の『大坂屋《おおさかや》』さんという小間物屋を覗いてみたんだけど、少し大きめの赤い玉簪《たまかんざし》があってね。すごく可愛かったのよ。思わずつけさせてもらったわ」

　おりさが目を輝かして嬉しそうに話した。

「へえ、赤い玉簪か。お前さんに似合いそうだな」

「でも、一両くらいしたから、お金を貯めて買おうと思っているの」

「そうなのか」

　辰吉は自分が買ってあげようと思ったが、それだけ費やす余裕はない。

　だが、おりさが喜ぶ顔を想像すると、誰かから金を借りてでも、買ってやりたい気持ちに駆られた。

　ふと、山下左衛門の人を見下したような顔が脳裏に過《よぎ》った。

　それを消し去ろうとすればするほど、山下のことが思い出されて、怒りがこみ上げてくる。おりさとの会話もどことなく、上の空になっていった。

「どうしたの？」

　おりさが心配そうにきいた。

「いや、何でもないよ」

　辰吉は誤魔化した。

「本当? ちょっと変よ。何か嫌なことでもあったんじゃない?」

おりさが立ち止まって、辰吉の顔を覗き込むようにしてきいた。

辰吉は少し考えたが、あまり嫌な話題は出したくないと思い、

「何でもないよ。それより、あれからお父《とっ》つあんから何か便りはあったのか」

と、話を逸らした。

おりさの父の松之助《まつのすけ》は、府中《ふちゅう》にある新法寺《しんぽうじ》という寺で住職をしている。そこでは、親のいない子どもたちを引き取って、世話をしている。おりさはずっと、父は死んだと思っていたが、ついひと月ほど前に父のことを知り、辰吉と一緒に会いに行った。

おりさは父と一緒に府中で暮らそうかとも考えていたそうだが、『川萬』で奉公が決まって、江戸での暮らしが楽しくなり始めてきたばかりだったので、結局はこっちに戻ってきた。

「うん、来月、おっ母《か》さんの墓参りに一緒に行くことになったの」

「お父つあんの体調は大丈夫なのか」

「よくなってきていると文《ふみ》には書いてあったわ」

「なら、いいけど。府中から江戸まで少し距離があるから心配だな」

「そうね。無理はしないようにと注意しておいたんだけど」

「なんなら、俺が途中まで迎えに行くよ」

辰吉が思いつきで言った。

「そこまでしなくても平気よ。お父つあんもゆっくり来ると思うし、変に気を遣わせちゃうから」

おりさが優しい顔で首を横に振り、目を輝かせて言った。

雨も止《や》んだ。ふたりは田所町に引き返した。

第二章　対立

一

　辰五郎が玉里の行方を探し始めてから、五日が経《た》った。芝の浜松町で玉里の足取りを探した翌日、再び芝で玉里らしき女と一緒にいた職人風の若い男がいなかったか探ってみたが、何もわからなかった。それから、赤塚新左衛門の屋敷へ行き、半吉が箱根の山中で強盗に遭《あ》って殺された件について、調べてもらうように頼んだ。その後三日間は商いや町内の寄合《よりあい》、また来客などがあり、バタバタしていて調べに行くことが出来なかった。

　玉里が喬太郎に語った話はどこまでが本当なのだろうか。

　年季が明けたら一緒になると約束したという半吉は確かに箱根の山中で殺されていた。半吉にも将来を約束した女がいた。だが、それが玉里なのかは確認できない。

　もしも、違っていたとしたら、玉里は半吉が殺されたことをどういう訳か知って、うまく利用したのだろうか。

それとも、玉里と半吉が結ばれていたのは事実で、何か訳があって職人風の若い男と一緒にいたのか。

様々な憶測が、頭の中で飛び交う。

とりあえず、玉里らしき女と職人風の男の行方を探すのは手間がかかりそうなので、半吉のことから手を付けようと思い、夕方、八丁堀《はっちょうぼり》へ向かった。

八丁堀に着くと、町奉行組屋敷の一角にある赤塚新左衛門の屋敷の木戸門をくぐった。木戸門といっても、木を立てて板を張り付けただけの簡素なもので、屋敷の造りも武家屋敷というよりも町家に近かった。

門から五、六個の飛び石の上を踏んで玄関に着いた。

「こんにちは。辰五郎です」

土間で呼びかけると、目の前の襖《ふすま》が開いて小者《こもの》が出てきた。

「親分ではございませんか」

「赤塚の旦那《だんな》はいらっしゃるかい」

「ええ、いまお帰りになったところで。すぐにお呼びします」

小者は奥へ行った。

それから、赤塚と一緒に戻ってきた。

黒の絽《ろ》の羽織で、大名縞《じま》を着た赤塚新左衛門が現れた。赤塚は三十三歳、顔は面長で柔らかな顔立ちである。

「この間の件なんですが」

辰五郎が切り出すと、

「少しわかった」

赤塚が言葉を被《かぶ》せるようにして言った。

「どうやらその強盗は浪人らしく、半吉を後ろから斬《き》りつけたあと、五十両の金を盗んだ。たまたま近くを通りがかった寺の小僧が一連の流れを見ていたらしい。浪人は小僧が見ていたことに気づかなかったらしい。小僧は茂みに隠れて、浪人が過ぎ去っていくのを待ったそうだ。それから、小田原藩の奉行所に届け出たみたいだ」

赤塚はひと呼吸置いてから、続けた。

「その浪人は、中肉中背で、眉《まゆ》が弧を描いていて、小さな目の丸顔で、悪人面には見えなかったらしい」

「なるほど。そういう容姿だったから、警戒されることもなかったんでしょうね」

辰五郎が答える。

「その後の奉行所の調べで、その浪人は江戸に向かったとのことだ」

「江戸に向かったですと？」

「ああ。しかし、もう半年前のことだ。江戸に寄ったとしても、いまは他の土地にいるかもしれん。なにせ、浪人だ。どこかに仕官したということは十分に考えられる」

赤塚新左衛門はそう言ったが、辰五郎はまだ江戸にいるのではないかという気がした。

その浪人は金が目当てで盗みを働いたのだ。それも、初めて人を襲ったわけではないだろう。箱根山中を住処《すみか》として、何度も強盗を働いているはずだ。一度、楽に稼ぐことに味をしめたら、どこかで奉公しようなどという気持ちにならないのではないだろうか。

「旦那、この半年間で、江戸で半吉と同じように後ろから斬られて金を盗まれたという事件は起きていないですか」

もし、その浪人が江戸に出てきているとしたら、同じ手口で強盗を働くはずだ。江戸市中で起こすよりも鈴《すず》ヶ森《もり》や小塚原《こづかっぱら》など少し外れたところで事件を起こしていることも考えられる。

「まあ、似たような事件はいくつかあったはずだ。だが、それがその浪人がやったとは限らないぞ」

「ええ、わかっております。でも、念のために、それらも調べていただけませんでしょうか」

辰五郎は迷惑を承知で、深く頭を下げて頼んだ。

「わかった」

赤塚は快く承諾した。

「ありがとうございます。では、よろしくお願いします」

辰五郎は礼を言って、赤塚の屋敷を去った。


玉里はどのようにして、半吉の死を知ったのだろうと不思議に思った。

『丸竹』の者たちは半吉に好《い》い人がいることを知っていたが、それが吉原の『加賀屋』の花魁《おいらん》玉里だと知らなかった。

だとすると、他に共通の知り合いがいたのか。話の流れからして、半吉と玉里は同郷のようだ。半吉が嘘《うそ》をついていたことも考えられなくはないが、もし本当だとしたら、同じ掛川《かけがわ》の生まれということか。喬太郎は玉里は美濃の生まれと言っていたが……。

その知り合いについても知る必要があると思った。

辰五郎はもう一度、『丸竹』に向かった。

『丸竹』の暖簾《のれん》をくぐると、番頭が近くにいて、すぐに駆け寄ってきた。

「親分、半吉のことでしょうか」

番頭がきいた。

「そうだ。何度もすまねえ」

「いえ、むしろ親分が調べてくれるのはありがたいです。どんなことでも力になりますよ」

番頭が快く答える。

「ここの奉公人以外で、半吉の知り合いや友達はいなかったか」

「半吉の友達ですか……」

番頭は少し考えるように俯《うつむ》いて、

「ひとりだけ思い当たる節があります」

とぽつりと呟《つぶや》き、再び辰五郎に顔を向けた。

「誰《だれ》だ？」

「名前はわからないのですが、半吉が死んだという報《しら》せのあと、ここで簡単な弔いをしたんです。そのときに来ていた、半吉と同じ年くらいの男がいました。その男は時たま半吉を訪ねてきていたそうなんです。私は見たことないんですが、半吉の弔いをここでしたときに、女中のおなみが少し話したそうです。おなみを呼んできましょうか」

番頭が丁寧にきいた。

「ああ、頼む」

辰五郎がそう答えると、番頭は近くにいる手代におなみを連れてくるように命じた。

「それにしても、客の出入りがあるようなところで話し込んで迷惑にならねえか」

辰五郎は心配してきいた。

「いえ、迷惑だなんて、とんでもないことです」

番頭は大きく首を横に振る。

「なら、いいんだが……」

「半吉は本当によくできた男でした。顔も気立てもよくて、朝は誰よりも早く起きて店の掃除をしていましたし、夜は勉学に励んで、みんなよりも遅く寝ていました。いずれは自分の店を持ちたいと言っていたんです。志半ばで命を絶たれたことが悔しくて仕方ありません」

番頭は以前と同じく悔しそうに話した。

そうこうしていると、おなみがやってきた。顔がふっくらとしていて、つぶらな目の優しそうな顔をした十七、八の女だった。

「こちらが、辰五郎親分だ」

番頭が仰々しくおなみに言った。

「お噂《うわさ》はかねてより伺っておりました。半吉のことを調べてくださるそうで」

おなみが健気《けなげ》な表情を向ける。

辰五郎は大きく頷《うなず》いてから、

「半吉の弔いをしたときに、あいつの友達が来たそうだな」

と、きいた。

「はい、与助《よすけ》さんという方です。半吉さんと同じ掛川の出だそうで、江戸にも一緒に出てきたそうです」

「与助は自分のことを何か言っていなかったか」

「安部川町《あべかわちょう》の仏具屋で働いていると言っていましたね」

「安部川町のどのあたりかわかるか」

「そこまでは……」

おなみが首をかしげた。しかし、それさえわかれば、あとは自身番に行って調べればいい。

「与助はいま二十一で、掛川の生まれなんだな」

「はい、そうです。眉がつり上がっていて、きりっとした目でした。顔つきのせいか、実の年齢よりも年上に見えましたね」

「そうか。ありがとう、助かるぜ」

辰五郎はおなみに礼を言ってから、『丸竹』を出た。

それから、浅草《あさくさ》安部川町に向かった。

安部川町までは、芝から大富町の方に歩き、京橋、日本橋の町々を抜け、豊島町《としまちょう》から新シ橋《あたらばし》を越え、そのまま北に進んだ。東本願寺《ひがしほんがんじ》の西南に当たるのが安部川町である。

そこの自身番に顔を出した。

番屋にいる家主は辰五郎を見るなり、おやっという顔をした。

「親分じゃありませんか」

と、どこに行っても同じような反応をされる。辰五郎も知っている顔であった。

「お前さんか。懐かしいな」

「こんなところにどうしてまた？」

家主は不思議そうな顔をしている。

「ちょっと調べていることがあってな」

「調べていることっていいますと？」

「このあたりに、与助っていう仏具屋で働く二十一の男はいないかい？　掛川から出てきた奴《やつ》みたいなんだが」

辰五郎は訊ねた。

「ああ、与助ですね。それなら、『幸雲堂《こううんどう》』にいますよ。ちょうど、ここを出て、こし屋橋《やばし》の近くにある店です」

家主は教えてくれた。

こし屋橋は新堀川《しんぼりかわ》に架かっている長さ二間半（約四・五メートル）、幅二間の小さな橋だ。正式には組合橋《くみあいばし》というが、橋際にこし屋五郎兵衛《ごろべえ》が住んでいるので、世間ではそのように呼ばれている。

こし屋橋まで行くと、『幸雲堂』の看板が見えた。

辰五郎はそこへ行き、店に入った。

だだっ広い土間に、様々な大きさや種類の仏壇がずらりと並んでいる。そこを通り抜け、奥に進んだ。

小上がりには、線香や蠟燭《ろうそく》、数珠《じゅず》などが置かれている。

「いらっしゃいまし」

衝立《ついたて》の後ろから、年配の白髪で小太りの旦那らしい男がやってきた。この旦那も辰五郎のことを知っているような表情をした。

「俺《おれ》は大富町の辰五郎ってもんだが、ここに与助という男が奉公していると聞いてやってきたんだ」

辰五郎は説明した。それから、旦那は心配そうな顔をしたので、

「別に与助が何かしでかしたっていうわけじゃねえ。あいつの友達のことで訪ねてきたんだ」

「そうですか。あいにく、与助はいま遣いに行っております。もう少ししたら帰ってくると思うのですが」

「なら、ここで待たせてもらっても構わねえかい」

「ええ、もちろんでございます。さあ、上がってください」

旦那は座布団を勧めた。

「たいした用じゃないから」

「いいんです。お座りになってください」

辰五郎は旦那に勧められるまま、履き物を脱いで上がり、座布団の上に腰を下ろした。

「いまお茶をお持ちします」

「そこまで気を遣わないでくれ」

辰五郎は遠慮した。

すると、旦那も「わかりました」とその場に座った。

少し間を置いてから、

「以前、親分にはお世話になったことがあるんです」

旦那が突然言った。

「俺に？」

辰五郎は覚えていなかった。

「あれはもう二十年ほど前、親分がまだ岡《おか》っ引《ぴ》きの手下だった時です。私が大川《おおかわ》に身を投げようとしたのを助けてくれました。それだけじゃなく、数日間親分の家に泊めてもらいました」

旦那が懐かしそうに語った。

長い間、岡っ引きをしていて、様々な人間と出会《でくわ》した。身投げしようとしたのを止めたことも多くあるし、行き場がない者を泊まらせたことも少なくない。

旦那はさらに続けた。

「その時、私は以前働いていた大店《おおだな》を辞めさせられたり、女房に逃げられたりして、いっそのこと死んだ方がいいって思ったんです。それで、身投げしようとしたら、親分が叱《しか》ってくだすって。そのとき、正直なんと言われたか覚えていないのですが、親分が一生懸命私のために生きる道を説いてくれたのが、本当にうれしかったんです」

そう言われて、辰五郎は思い出した。

自分は人に道を説くことができるような身でもないのに、それも年上に対して、生意気な口を利いたことが少し恥ずかしくなった。

「あのときのか。いや、ずいぶんと勝手なことを言ってすまなかった」

辰五郎は謝った。

「何を仰《おつしや》っているんですか。私がいまこうしていられるのも親分のおかげなんですから」

「そうか。それにしても、よく俺のことを覚えていたな」

「ええ、いつも神棚に手を合わせるときに、親分に再び会えますようにと願っていたんです」

旦那がそう言ったとき、与助が戻ってきた。与助は辰五郎を見ると、会釈した。

「こちらは大富町の辰五郎親分だ。ちょっと、お前に話があるそうだ」

旦那が与助に向かって話した。

与助は何のことだか、さっぱりわからないといった顔をしている。

「半吉のことで少しききたいんだ。『丸竹』でお前の話をきいて、やってきた。少しいいか」

辰五郎は与助の目を見て言った。

「ええ、もちろんでございます」

与助は大きく頷いた。

「半吉とは同じ掛川の生まれだそうだな」

「はい、年も同じで、江戸に出てきたのも一緒です」

「いつ江戸に出てきたんだ」

「十五のときです」

「というと、今から六年前か」

「そうです」

与助は頷いた。

「ところで、玉里という吉原の女は知っているか」

辰五郎はきいた。

「はい、あっしが幼い頃《ころ》、近所に住んでいたんです。元々、捨て子で、親父《おやじ》さんが美濃の方に仕事で行ったときに、見つけて掛川に連れて帰ってから、育ててもらったそうです」

「それなのに、なぜ吉原なんかに？」

「親父さんが商いに失敗して借金を負ったそうなんです。それで、おそめ、玉里の本当の名前なんですが、親父さんやお袋さんが止めたのにもかかわらず、自らの身を売ったんです。それが十四の時でした」

「なるほど。半吉と玉里の関係はどうなんだ」

「ふたりも幼なじみでした。掛川にいたときから互いに惹《ひ》かれ合っていました。おそめは吉原に身を売るとは、半吉には話しておらず、料理茶屋で女中をすると行って江戸に出たんです。あっしもそう聞かされていました。だけど、どこからか吉原で働いているという噂が流れてきたんです」

「それで、半吉は江戸に行くことに決めたのか」

「はい。あっしも江戸に出て働きたいと思っていましたから、十五のときに出てきたんです」

「すぐに、玉里に会いに行ったのか」

「いえ、金がなかったものですから、一年くらいは行けませんでした。でも、その間におそめがどこの店で働いているのかを調べて、『加賀屋』で玉里という名で出ているということがわかったんです」

「それから？」

辰五郎は前のめりになって、与助の話を聞いていた。

「でも、金はありませんし、まだ遊びも知りません。それで、ここの旦那に事情を話したら、半吉を吉原に連れて行ってくれたんです」

与助が旦那の方を見た。

「ええ、話を聞いていたら、居ても立ってもいられなくなったんです」

旦那が口を挟んだ。

「半吉は吉原で玉里に会えたのか」

辰五郎は顔を与助に戻してきいた。

「はい。それから、色々と玉里と話したそうです。それで、頻繁に来ることはできないけど、金を貯《た》めてたまに顔を見せるということと、年季が明けたら一緒になると約束をしていたそうです」

与助がそう言うと、

「半吉は律儀な奴でして、私が吉原に連れて行ってやったときの金を毎月少しずつ返すんです。私は返さないでもいいと言ったのにもかかわらずですよ」

再び旦那が横からしみじみと言った。

「半吉がどのくらいの頻度で、玉里に会いに行ったか知っているか」

辰五郎はきいた。

「半年に一度くらいでしょうか。泊まることはできないので、少し話してすぐに帰ってくるようでした」

与助が答えた。

本当はもっと会いに行きたかっただろうが、なかなか行けなかったのだろう。半吉は非常によく働いていたと『丸竹』の番頭も話していた。きっと、生活を切り詰めて、一日でも早く玉里を苦界《くがい》から救い出してやりたかったのだろう。

「玉里の気持ちはどうだったんだろうな……」

辰五郎は呟いた。

「半吉が死んだことを伝えると、泣き崩れていました。そして、『私には身請《みう》け話がいくつかあったけど、年季明けには半さんと一緒になれるのを待ち望んで、断ってきた』と語っていました」

与助が目を潤ませながら言った。隣で聞いていた旦那も微《かす》かに涙ぐんでいた。

半吉と玉里はちゃんと将来を誓い合った同士で、決して大工の喬太郎を騙《だま》すための嘘ではなかった。

だとすると、玉里は浜松町で誰と何をしていたのだろうか。

玉里は江戸に住んでいるといっても吉原から出たことはない。吉原の遊女は外に出ることが許されないからだ。だとすると、浜松町で一緒にいた職人風の男は客か、もしくは半吉や与助のように同郷の者だろうか。

「他に掛川に居たときに玉里と親しくて、いまは江戸に出てきているものはいるか」

「いえ、あっしの知る限りではひとりも……」

与助は首を傾《かし》げた。

「そうか」

辰五郎は頷いた。いまのところ、他にきくことはなかった。

「色々と教えてくれてありがとよ。また何かあったら寄らせてもらう」

「はい」

与助が軽く頭を下げると、

「ええ、いつでもいらしてください」

旦那は声を張って言った。

「じゃあ」

辰五郎は『幸雲堂』を後にした。上野《うえの》と浅草の両方面から七つ（午後四時）の鐘が続けて聞こえてきた。

これから吉原の『加賀屋』へ行って、玉里のことをきこうと歩き出した。

西陽《にしび》が差していた。

昼見世《ひるみせ》が終わったばかりで、帰りの客たちと大門《おおもん》ですれ違った。遊郭はどこも静かになっていた。辰五郎は京町《きょうまち》二丁目にある『加賀屋』にたどり着いた。

辰五郎が『加賀屋』に入ると、すぐのところに番頭らしい男が不審そうな顔で出てきた。

「すまねえ。遊びに来たわけじゃねえんだ。ちょっと、玉里のことで聞きたいことがあるんだ」

「玉里でしたら、もう身請けされて」

「ああ、知っている。昔の客のことで調べているんだ。俺は大富町の辰五郎ってもんだ」

「大富町の……、あっ」

番頭は気がついたようで、

「玉里の身に何かありましたか」

と、心配そうにきいた。

「いや、そういうわけじゃねえ。ただ、玉里の客のことできたいんだ。若い職人風のきりっとした玉里よりも五、六歳上の男が馴染《なじ》みでいなかっただろうか」

「お職人さんも多うございますからね。ただ、玉里よりも五、六上で、きりっとした顔ですと、ひとりしか思い浮かびません」

「誰だ？」

「新富町《しんとみちょう》に住む矢三郎《やさぶろう》さんって方です」

番頭が答えた。

辰五郎がきく。

「矢三郎はよくここに通っていたのか」

「月に四、五回くらいは来ていましたね」

「若い職人なのに、金はあるんだな」

「ええ、それが私にも不思議でしてね。何か悪い金じゃないかって思ったりもするんですが、きくこともできないですし……」

番頭は苦笑いした。

「玉里が身請けされてから、矢三郎は来たか」

「いえ、お見えになっていないですね。吉原の他の見世にも来ていないみたいですから、今は千住《せんじゅ》や深川《ふかがわ》の方で遊んでいるんじゃないですかね」

「最後に来たのはいつだ」

「そうですね。玉里が身請けされる前々日くらいでしたかね。そうそう、矢三郎さんが玉里に怒鳴っていました」

「怒鳴っていた？　一体、何のことでだ？」

「玉里が身請けされるということを矢三郎さんに伝えて、それで怒りだしたのでしょう。元々、矢三郎さんは怒りっぽいひとでしたから」

番頭は困ったような顔をした。

「っていうことは、玉里は矢三郎に年《ねん》が明けたら一緒になりたいってことを言っていたんだろうか」

「そうかもしれませんね。さすがに起請はあげていないでしょうけど」

「玉里は他に太客はいたのか」

「以前はいくつか身請け話があって、中にはもったいないような話もあったのですが、玉里は全《すべ》て断っていました。それが突然、ふた月前、大工の棟梁《とうりよう》の身請けを決めたのが不思議に思ってました」

玉里が言うように、半吉が死んだので、身請け話を受け入れたのだろう。

「玉里は棟梁のことをどのように思っていたんだ」

辰五郎はきいた。

「遊び方のきれいなお方とは言っていましたけど、惹かれていたのかどうかはわかりません。でも、棟梁は優しいし、決して嫌だと思っていなかったのでしょう。だから、身請けを承知したのだと思いますけど」

番頭は思い返すような目をした。喬太郎の元から玉里がいなくなったなどと番頭は夢にも思わないだろう。

今度、矢三郎に会ってみようと思った。

『加賀屋』を出ると、日が暮れなずんできた。大門に向かうと、早くも夜見世の客が大門を入って来た。

辰五郎は大富町に帰って行った。

二

さっきまで青空がのぞいていたのに、いきなり激しい雨に見舞われた。辰吉は急いで長屋に向かって走り出した。幸い、長屋の近くにいた。

朝は『一柳』へ行き、それから忠次の供で見廻《みまわ》りをして、夜におりさと逢《あ》い引《び》きをする。特に大きなことが起こるわけでもなく、淡々と過ごしていた。

辰吉が長屋木戸をくぐり、自宅の腰高障子《こしだかしょうじ》を開けると、山下左衛門が部屋に上がりこんでいた。

「あっ」

辰吉が声をあげると、

「虎徹の件はどうなっておるのだ」

山下が立ち上がり、強い口調できいた。

「……」

辰吉は返事に窮した。

「あれほど頼んだではないか。そなたも探してくれると約束しただろう」

「そんな約束は……」

「そなたが約束したから安心して任せたんだ」

「そんな、無茶苦茶な」

「何が無茶苦茶だ。岡っ引きの手下でありながら、刀を探してくれぬと言うのか」

山下は怒ったように辰吉を睨《にら》みつけた。

「そんなに虎徹が気になるんであれば、山下さまがご自身で探しに行けばよろしいじゃありませんか」

辰吉は半ば呆《あき》れたように言った。

山下は少し黙ってから、

「あれは殿さまから頂いた大事な刀なんだ。お主が虎徹を見つけ出した暁には一両やる。だから、探してくれ」

と、真面目《まじめ》な顔をして頼んできた。

「一両を？」

辰吉がきき返した。

「ああ」

山下は頷く。

「どうやって、その一両を作るのですか」

「お前の知ったことではない。一両くらいすぐに作れる」

「ですが、この間の二十両の件もありますし、そんなに金が作れるのが不思議でなりません」

辰吉は相手に怒られるのを覚悟で口にした。

しかし、山下は落ち着いた様子で、

「用心棒をしたり、道場破りをして稼いでいるんだ。刀のことなら、いくら危険な仕事でも構わないから引き受ける。それだけのことだ」

と、はっきりと言った。『薩摩屋』の旦那が考えていたことと同じだ。信じられない話ではない。それに、この男は威張っているが、実は気の弱さがそうさせているのではないかと思う。それにしても、虎徹にも、菊八にも随分惚《ほ》れこんでいるものだ。

辰吉は半ば呆れた。だから、危険な仕事をしてでも、金を作ってくるのだろう。

「そうですか」

辰吉はとりあえず頷いてから、

「何か手掛かりはないんですか」

と、きいた。

「この間言ったではないか。芝で刀を失《な》くした」

「それだけで探せというのは無理があります。もっと他にありませんか」

辰吉はしつこくきいた。

すると、山下が言いにくそうに口を開いた。

「実は芝神明の女郎屋で預けた刀が盗まれたのだ」

「女郎屋で？」

「ああ」

山下が低い声で答える。

「何というところですか」

「『高田家《たかだや》』だ」

「そこで失くしたんですね？」

辰吉が確かめた。

「そうだ。多分、あの男が盗《と》ったに違いない」

「あの男というのは？」

「行商人か何かだろうか」

「どんな年格好《としかっこう》でしたか」

「暗がりだったから、よくわからないが、三十くらいだと思う」

「その男の恨みを買ったのですか」

「敵娼《あいかた》が同じだったんだ。なかなか来ないので、わしが強引に自分の部屋に連れて来た。その時の客だった。その男が刀を盗んで行ったのだろう」

山下が苛立《いらだ》ったように言い、

「わしもその男を探したが、見つからなかった。だから、お前に頼むんだ」

「わかりました」

一両手に入るのは、辰吉にとって大きい。それがあれば、おりさが欲しがっていた赤い玉簪《たまかんざし》を買ってやることができる。おりさの喜ぶ顔を思い浮かべて、

「あっしに任せてください」

と、言った。

「では、頼んだ」

山下は何度も念を押してから、長屋を出て行った。


翌日、まだ道はぬかるんでいたが、心地の良い秋晴れであった。

　朝、辰吉は『一柳』の忠次の元に行き、
「昨日、例の山下左衛門さまという浪人がうちにやってきて、なくした虎徹を探して
くれっていうんです。その仕事を引き受けたのですが、それでよかったでしょうか」
　辰吉が念のためにきいた。
「別に構わねえが、山下という浪人は本当に大丈夫なのか。前に刀を買うので持って
きた二十両だって出処《でどころ》がわからないのだろう？」
　と、厳しい目を向けた。
「あっしも、最初はそう思ったんですが、用心棒や道場破りなどして稼いでいると本
人が言っていました。『薩摩屋』の旦那も山下さまの剣の腕は確かなものだと言って
いましたから、そうなんだと思います」
　辰吉は答えた。
「そうか。なら、お前の好きなようにするがいい」
「ありがとうございます。それに刀を見つけたら、一両くれるっていうんで」
「一両？　金で引き受けたのか」
「そうじゃありません。山下さまが殿さまから貰《もら》った大事な刀なんで、探してやろう
と思ったんです」

「一両と言う時に目が輝いていたけど、何か訳があるのか」

忠次は辰吉の顔を窺《うかが》って、

「何か入り用になったのか」

と、きいた。

「まあ、そうですね」

「借金でもこしらえたか」

忠次が訝《いぶか》しむようにきいた。博打《ばくち》で負けたのかと心配しているのだろうか。博打はご法度だ、岡っ引きの手下がそのようなことに手を出してはいけないと忠次は常々厳しく口にしている。

「そうじゃないんです。ちょっと、おりさに簪を買ってやりたいんです。それが一両もするもんですから」

辰吉は否定してから、照れるように説明した。

「まあ、好きな女の前でいい恰好をしたいのはよくわかる。だが、あまり変な金は受け取るなよ」

忠次が軽く注意した。

「へい」

辰吉は頭を下げた。

それから、ふたりは昼過ぎまで日本橋界隈《かいわい》の見廻りをしたが、特に何事もなかった。『一柳』の前で忠次と別れると、辰吉は芝神明へ向かった。日本橋、京橋の町々を抜け、芝口橋を渡り、そこからずっと道なりに真《ま》っ直《す》ぐ進む。

探すことにしたはよいが、虎徹をなくしたと言っても、それは五日前の話だ。

秋風に吹かれて、竹の葉がさらさら音を立てる。『高田家』は奥まったところにあり、竹藪《たけやぶ》に囲まれていた。近くにも他の女郎屋があるが、それらとは一線を画している。だが、別に外観から高級そうな雰囲気があるわけではなかった。入り口に続く石畳を歩いた。戸は開いていて、暖簾がかかっている。

そこをくぐり中に入った。

ちょうど、これから遊ぼうという客と出会した。その客はどこかの番頭風の男で、知り合いでもないが、辰吉と目が合うなり顔を背けた。

「もう少しお待ちいただけますか？」

店の若い衆が辰吉にそう言い、上がり框《がまち》すぐの階段から上を覗《のぞ》いた。

それからすぐに、若い衆は先客に「ご準備が出来ましたので、どうぞ」と二階を手のひらで示した。

先客は着物の裾《すそ》を軽く持ちながら、急ぐようにして階段を上がって行った。

若い衆が辰吉に顔を向け、

「あいにく、いまいっぱいでして。少し待っていただければご案内できるのですが」

と、申し訳なさそうに頭を下げた。

「いや、あっしは客じゃねえんで。四、五日前にあった刀泥棒のことで話をききたいんです」

辰吉は気を遣い、小声で言った。

「あなたは花太郎《はなたろう》親分の関係で？」

「まあ、そんなもんです」

辰吉は話を合わせた。

「刀はどこに置いていたのですか」

「奥の部屋です。そこで預かっていたのです」

「そこには常に見張りがいるとか？」

「いいえ、うちはそれほど若い衆がいるわけでもありませんから」

「では、その奥の部屋に入ろうと思えば、誰でも入れるわけですね」

「まあ、そうですね。でも、帳面をつけたり、色々と作業する部屋が刀を預かっている隣にあるので、誰か入ってきたら気づくはずなんですけど」

「そのときには、気づかなかったのですか」

「ええ、たまたま私が厠《かわや》に行っておりまして。それに、番頭さんは馴染みの客に呼ばれて、二階の座敷に挨拶《あいさつ》に行っていましたし、旦那さまはお出かけだったので」

若い衆は説明した。

「盗まれたのは、山下左衛門さまというご浪人でしたね？」

辰吉が確かめた。

「ええ、そうです」

「山下さまはよくここに来られるのですか」

「初めてです」

「ちなみに、盗んだ男というのはわかっているのですか」

辰吉はきいた。

「おそらく、吉栄《よしえ》の客だった男です」

「その男の名前は？」

「三木助《みきすけ》と名乗っていました」

「住まいは？」

「この近くだと言っていましたが、詳しいことまではわかりません」

「三木助はよくここに来ていたんですか」

「二度目です。初めて会ったときに、ちょっと陰険そうな顔で、話し方もやけに威張るようだったので、吉栄に気をつけるように注意しておいたんです」

「そうですか。ちなみに、吉栄から話をききたいのですが」

「いまは他の客が入っているので、待たせてしまいますよ」

「構いません」

「結構人気者なんで、出来るだけ手短に済まして欲しいんですが」

若い衆は少し迷惑そうな顔をした。

「はい、すぐ終わらせますので」

辰吉は若い衆に約束した。

「それなら、あと四半刻《しはんとき》（約三十分）くらいしたら戻ってきてください。その頃に、吉栄もいま入っているお客さまの相手が終わりますので」

辰吉はそう聞くと、丁寧に頭を下げて礼を言ってから外に出た。

それから、質屋を数軒回ったが、何も収穫はなかったので、近くの自身番へ行った。

「すみません、ちょっとお訊ねしますが、四、五日前に刀の落とし物はありませんでしたか」

「いえ、ありませんでしたよ」

「そうですか」

「刀を落とされたのですか」

家主が不思議そうな顔をしてきく。

「いえ、あっしじゃないんです。あるご浪人さまが落とされたらしいんです。あっしは通油町の忠次親分の手下で辰吉って者です」

「そうでしたか。もし見つけたら、お知らせしますよ」

「ありがとうございます」

「ちなみに、どんな刀です？」

「刀身が長くて、やや反っている刀なんです。虎徹という結構な刀でして」

辰吉がそう言うと、家主はおやっという顔をした。

「虎徹という名前まではわかりませんが、先日、蕎麦屋《そばや》の『尾張屋《おわりや》』の主人が辻《つじ》強盗に遭ったんです。相手の刀があなたの仰っているようなものだった気が」

「えっ、本当ですか」

辰吉は驚いて声をあげた。山下左衛門の顔が浮かび、もしや、と思った。

「はい。でも、旦那も咄嗟《とっさ》に振り返ったときに、提灯《ちょうちん》の灯《あか》りで見ただけですので、本当にその刀かはわかりませんが」

「その件については、調べていないのですか」

「神明町の花太郎親分が調べていますよ」

花太郎は父の辰五郎とも親しくしている岡っ引きである。年齢も辰五郎と同じで、若い頃からの付き合いだ。今では会うことは減ったが、たまに碁《ご》を打ったり、酒を酌み交わしたりするそうだ。

辰吉も幼い頃から、何度も花太郎と会っている。一見、やくざの親分かと思うような強面《こわもて》な男だが、接してみると、物腰もやわらかく、優しい男だ。

後で花太郎のところへも行ってみようと考えた。

「ちなみに、『尾張屋』というのはどこにあるのですか」

「ここを出て、二つ目の角を左に曲がってすぐのところですよ」

「二つ目の角を左ですね」

辰吉は繰り返して言ってから、頭を下げて自身番を出た。家主が教えた通りの道を進むと、蕎麦処《どころ》という看板が見えた。

辰吉はその店の暖簾をくぐった。

もう八つ（午後二時）を過ぎたせいか、客はいなかった。十七、八くらいの女が出てきて、「お好きな席へ」と言った。

「いや、ここの主人に話があってきたんだ。いまいらっしゃるかい」

辰吉はきいた。

「はい、奥にいますけど」

「悪いけど、呼んできてもらえねえだろうか」

「わかりました」

女は主人を呼びに言った。

その間、辰吉は店の中を見渡していた。畳は新しく、い草の新鮮な香りがする。壁に飾られている熊手《くまで》もかなり大きい。二階に続く階段もあり、座敷があるのだろうか。結構、繁盛しているのだろうと思った。

しばらくすると、三十代半ばくらいの男がさっきの若い女と一緒にやってきた。

「私がこの店の主人ですが」

「どうも、あっしは通油町の忠次親分の手下で辰吉といいます。さっき、自身番に行ってお話を伺ってきたのですが」

「あっ、そのことでしたら、ちょっと外でお話させていただいてもよろしいですか」

主人は焦ったように言った。

「ええ」

辰吉は主人と外に出て、店から少し離れた場所で立ち止まった。

「すみません。辻強盗のことですよね？」

「はい」

「店の者には知られたくないんです」

主人は声を潜めて言った。

「そうでしたか。あっしは辻強盗のことというより、下手人が持っていた刀のことを知りたいんです」

「刀のことですか」

「ええ、長い刀身で、少し反っていると伺いましたが」

「そうなんです」

「柄《つか》に近い方に虎徹と彫ってありませんでしたか」

「いえ、そこまではさすがに……。でも、逃げるときに鞘《さや》の下げ緒がなぜか私の手に引っ掛かって、一部がちぎれて持ってきてしまったんです」

主人は少し申し訳なさそうに答えた。

「ちなみに、その下げ緒はいまどこにあるのですか」

「それは……」

主人は言いよどんだ。

「どこなんですか」

辰吉はもう一度きいた。

「妾宅《しょうたく》にあるんです」

「妾宅？」

「そこへ行く途中に襲われました。妾《めかけ》は金は盗《と》られたけど、命は取られなかったのはかえって験が良いといって、その下げ緒をお守りにしているんです。下手人の手掛かりにはなることはないだろうから花太郎親分には渡しませんでした」

男は飄々《ひょうひょう》と言った。

「下げ緒を見に行ってもよろしいですか」

「いますぐですか」

「できれば」

「そうですか。ちょっと、待っていてください」

主人は一度、店に入り、少ししてから戻ってきた。

「行きましょう」

主人は歩き出した。辰吉は後を歩いた。

妾宅は木挽町七丁目にあるという。木挽町までは北東に向かって道を真っ直ぐ進み、汐留橋を渡った。

橋のすぐ近くの少し奥まったところにある二階家に入った。

戸の開く音が聞こえたのか、廊下の奥から二十代後半の色白で、どことなく色気のある女が出てきた。辰吉がいるのに驚いたようで、立ち尽くしていた。

「こちらは岡っ引きの手下の方だ。あの下げ緒を見せて欲しいとのことで、いらっしゃったのだ」

主人が土間で説明した。

「そういうことでしたか。すぐにお茶のご用意をいたします」

妾は奥に下がった。

辰吉は履き物を脱いで、上がった。

廊下を伝い、居間に通された。

「下げ緒は神棚にありますので、すぐに持ってきます」

主人が下げ緒を取りに行っている間に、妾が茶を運んできた。

「どうも」

辰吉が礼を言うと、目も合わせずにそそくさと居間を後にした。

すぐに主人が人差し指くらいの長さの下げ緒の一部を持ってやってきた。

辰吉は見た瞬間に、山下左衛門が持っていた虎徹の赤と黄色の混じった下げ緒だと確信した。

「こちらです」

主人が両手で差し出した。

「あっしが探していたのはこれの刀です」

「えっ？」

主人は顔を引きつらせた。

「でも、安心してください。あっしは辻強盗の仲間っていう訳はありませんから。この下げ緒を借りてもいいですか」

「え？」

「手掛かりになると思うんです」

「そうですか。必ず返して下さいよ」

「恐れ入ります」

辰吉は軽く頭を下げ、

「ちょっと、辻強盗のことについて教えてください」

と、きいた。

少し間があってから、

「五日前の夜でした」

と、主人が話し始めた。

主人は店が終わり、妾宅に向かおうとしていた。金杉の人気《ひとけ》の侘《わび》しい神社を突っ切るのが近道なので、いつものようにそこを歩いていると、後ろに人の気配を感じた。

振り返り、提灯で照らすと、大柄な浪人が刀に手をかけていた。

主人は逃げようとしたが、大木の下に追いやられた。

浪人は鼻先に刀を突きつけてきた。主人は命が惜しいので仕方なく妾に渡すはずだった二十五両の入った包み紙を放《ほう》り投げた。

浪人が拾おうとした隙《すき》に、突き飛ばして、必死に逃げた。

その時に手に引っ掛かったのがこの下げ緒だそうだ。

「なるほど、あの二十両はそういうことだったのか……」

辰吉はようやく金の出処がわかって納得した。見つけたら一両を払ってくれると言っていたが、その金は道場破りなどではなく、辻強盗の金だったのだろうか。

「じゃあ、その下げ緒が手掛かりになるんだとしたら、花太郎親分にも下げ緒のことは伝えるんですかね」

「まあ、当然そうです」

「実は花太郎親分にも妾宅に行く途中だったと言っていないんですよ。だから、妾のことは誰にも知られたくないので、黙っていてもらえますか」

主人は気まずそうな顔で頼んだ。

「はい。下げ緒のことは誰にも言わないでくださいよ」

辰吉も念を押した。

「もちろんでございます」

「また、何かわかりましたら、知らせに参ります。とりあえず、これは預からせてもらいますよ」

辰吉は下げ緒を懐《ふところ》にしまって、妾宅を後にした。

帰り道、これからどうしようか考えた。

虎徹を探し出して山下の元に持って行けば、一両はもらえると約束した。しかし、山下が汚いことで得た金をもらおうとは思わない。やはり、悪いことをしていたのか。

とりあえず、忠次に報告だ。

『高田屋』の吉栄に話をきくまでもないと思い、辰吉は勇んで通油町に帰った。

三

翌日、辰吉は再び芝金杉に足を運んだ。辻強盗があったとされる神社は少し外れたところにあり、昼間であっても人の往来があまりないようなところであった。神社の周りは高い木々に囲まれており、風が吹くたびに、ざわざわと音を立て、不気味に聞こえてくる。

神社の本殿に行くと、禰宜《ねぎ》はいなかった。他にここで務めている者も見当たらない。本当に誰もこないような場所なのだと思った。ふと、後ろから足音がするので振り向いた。すると、背中に荷を背負った行商人風の男の姿が見えた。

辰吉はその男に近づいて、

「ちょっと、お話を伺いたいのですが」

と、声をかけた。

行商人は少し訝しそうな顔をしながらも、足をとめた。

「あっしは通油町の忠次親分の手下が辰吉っていいます」

辰吉はまず名乗った。すると、行商人の顔から警戒の色は消えた。

「ここの道はよく通っているんですか」

辰吉がきいた。

「ええ、向こうに抜けるには近道なんで」

「この道を使っているひとは結構いますか」

「いえ、あまり知られていないようで、滅多に出会さないですね」

「でも、たまに誰かに会うんですね」

「はい」

「どういった方々がここを通りますか」

「だいたい、行商人でしょうね。ここは昼間でも暗くってちょっと不気味じゃないですか。だから、近所のものたちもあまり近づかないんです。私も夕方過ぎたら、ここは通らないですよ」

「それはどうしてです?」

「ここで前に辻強盗があって、男が殺されたそうなんです。まあ、人気のないところですし、暗くなったら危ないので、避けているんです」

行商人は早口で話した。

先を急いでいるのか、もどかしそうな顔をしている。

「辻強盗はいつあったんですか」

「そこまではわかりません」

行商人は首を横に振った。

辰吉はこれ以上邪魔をしたら悪いと思い、

「ありがとうございました」

と、話を終わらせた。

辰吉がそれから、自身番へ行くと、昨日と同じ家主がいた。

「辰吉さんでしたね？」

向こうから話しかけてきた。

「はい、ちょっとまだおききしたいことがあるんですけど」

「ええ、何でも。上がってください」

辰吉は家主と対面に座った。

「先ほど、あの神社に行って通りがかったひとに話を聞いてみたら、『尾張屋』の主人が襲われた他にも、辻強盗があったそうですね」

「そうですね。半年くらい前ですかね。でも、本当に辻強盗かどうかわからないんですけどね」

「どういうことですか？」

「殺された男は賽銭《さいせん》泥棒でして、あの神社だけでなく、他にもいろいろなところから盗んでいたんです。それで、あの神社で賽銭を盗んだ帰りに死んだんですが、皆、罰が当たったんだと言いまして。私もおそらく、そうじゃないかなと思っているんです」

家主は真面目な顔をして言った。

「その男はどんな殺され方をしたんですか」

「後ろの肩口から刀で斬りつけられた痕《あと》がありました」

「男が殺されたところを見ていたひとはいなかったんですか」

「ええ、誰一人としていませんでした」

「ちなみに、あの神社で男が盗んだ賽銭はどうなったのですか」

「なくなっていましたね。元々、たいして賽銭は入っていませんでしたけどね。あそこに喜捨するのは、通り抜けで使っている者くらいです」

家主は言った。

人が来ないような場所なので、それも当然だろう。

辻強盗に殺されたのが天罰だったのだ。

「そのときは、岡っ引きが来て探索はしなかったんですか」

「一応したのですが、結局わからずじまいで。やっぱり、罰が当たったんだと思うんです」

「探索していた岡っ引きは、この辺りだと花太郎親分ですか」

「そうです」

家主は頷いた。

辰吉は家主に礼を言い、芝神明町に向かった。

花太郎の家は芝神明で『花屋《はなや》』という土産物屋《みやげものや》を営んでいた。辺りでも一番大きな店である。

辰吉は『花屋』の裏手の勝手口から入り、

「親分はいらっしゃいますか」

と、声を張った。

すると、年増《としま》の女中がやってきた。

「えーと、どちらさまで？」

「大富町の辰吉と言えばわかります」

そう言うと、

「あっ、辰五郎親分のところの」

女中は頷いた。

「ええ」

「いま少し近所に出かけているのですけど、直に戻るはずですから、こちらに上がってお待ちくださいな」

女中に引き連れられ、辰吉は履き物を脱いであがった。それから、廊下を伝い、昇り龍の掛け軸のある十畳ほどの部屋に通された。

辰吉がそこでしばらく待っていると、廊下から足音が聞こえてきて、「大富町の辰吉さんがいらっしゃっていますよ」という声もした。

足音が少し早くなって、恰幅のよい花太郎がやって来た。

「おう、久しぶりだな」

花太郎は強面をくしゃっと笑って崩して、掛け軸の前に腰を下ろした。

「ご無沙汰《ぶさた》してます」

「もう数年ぶりだな。いま忠次の手下で活躍していると聞いたぞ」

「いえ、活躍だなんて」

辰吉は謙遜《けんそん》して答えた。

花太郎は以前とちっとも変わっていなかった。強いて言えば、鬢《びん》の生え際が後退してきているくらいだ。

「それより、今日は何か調べていることがあってきたのか」

花太郎がきいた。

「ええ、そうなんです。実は六日前にあった辻強盗のことで」

辰吉は切り出した。

「ああ、あの件か」

「昨日『尾張屋』の旦那に会ってきました」

下げ緒の件は言わずに、

「その後、半年前に同じ場所で賽銭泥棒の男が殺されたと聞いたんです。あっしが調べていることとも関係しているかもしれないので、教えていただけませんか」

辰吉が頼むと、花太郎は快く頷いた。

そして、ひと呼吸置いてから話し始めた。

「なんせ、夜だし、人通りの全くないところだから、下手人を見ている者もいない。それに加えて、殺されたのが賽銭泥棒で罰が当たったんだと町中の者たちが信じていた」

「親分はそんな風に思っていないですよね」

辰吉がまさかと思ってきいた。

「当たり前だ。誰かが金目当てで殺したに違いないと睨んで探索を始めた。下手人は少なくとも抜け道としてあそこを通る者がいると知っていたはずだ。そうじゃなければ、あんなところで待ち伏せなんかしていないだろう」

「はい」

「問題は金目当てだったのか、それとも殺すことが目的だったのか、どちらなのかがわからなかったのだ。というのも、賽銭泥棒の男はあまり人付き合いもなく、特に知り合いもいなければ、強く恨まれるような男ではない。賽銭泥棒だから、金を持っているといってもたかが知れている。殺され方からして、刀で斬りつけられたんだ。それも一太刀で仕留められていることから、剣に慣れている者だろう」

「ということは、浪人とか？」

「それだけじゃなく、お武家さまということも考えられた。賽銭泥棒を見つけて、注意して逃げようとしたので斬りつけたとか、ただ無礼を働いたということで殺されたということもあり得た。探索をしたが、下手人はわからないで終わった」

花太郎は首を横に振った。

「でも、そういう下手人なら今までにも同じように神社で斬りつけたりしたのではないですか」

辰吉は疑問をぶつけた。

「それはもちろん考えた。しかし、少なくともここ数年、神社で似たような殺しは起きていない」

「では、神社ではなくて、芝のどこかではそういうことが起きていませんでしたか」

「あれ以外の辻強盗はすべて俺が捕まえた。お前さんが言ったように、そういう奴は同じ手口で他にもやっているからな。そこから足がつく。でも、あの事件だけは本当に誰だかわからなかったんだ。ただ、三か月前に箱崎で起きた辻強盗の件で繁蔵が俺のところを訪ねてきたことがある。背後からいきなり斬りつけて金を奪うという手口が似ていて、どうやら同じ下手人らしい」

花太郎は説明した。

「箱崎でも？」

「だが、俺はよくわからねえから、繁蔵にきいたほうがいい」

「『尾張屋』の旦那を襲った男が下手人ではないんですか」

辰吉は箱崎の件は繁蔵にきくとして、いまは芝のことに徹しようと思った。

「まだわからねえ。探索中だ」

「実はあっしに心当たりがあるんで」

「どういうことだ？」

「山下左衛門という神田佐久間町に住む浪人のことなんですけど」

辰吉は口にした。

「なに、山下さまが……」

花太郎は目を剝《む》いた。

「親分は山下左衛門のことをご存じで？」

辰吉は驚いてきいた。

「ああ、数年来の付き合いだ。時折会ってもいるんだ」

「どうして、山下さまなんかと？」

「山下さまはこの近くに屋敷のあるさる大名の家臣で、勤番長屋に住んでいた。山下さまがどこかで喧嘩沙汰《けんかざた》になったときに、俺が駆け付けて、それをきっかけに知り合った。互いに囲碁好きだとわかって、それから囲碁を打つようになった。ところが、上役と揉《も》めて藩を追われることになった。藩を辞めたあと、神田佐久間町の方に住んでいるらしいが、時たま囲碁を打ちにこっちに来るんだ。あの日も、約束していた」

息を継いで、続けた。

「あの方は、乱暴で横柄なところがあるが、実は気が弱いのだ。表向きには強く見せているだけだ。それで、迷惑をかけることもあるだろうが、俺のような理解してやる者がいなければ、あの方はやさぐれてしまう。それもあって、たまに付き合っていた。もちろん、あの方の豪儀なところが気に入っていたということもあるが」

花太郎は未《いま》だに信じられないという顔をしている。辰吉には花太郎が山下と関わっていたことの方が驚きであった。

「山下さまが何をしたのだ」

花太郎がきいた。

「『薩摩屋』で菊八という刀を二十両で買ったんです。その前日の夜に、『尾張屋』の主人が襲われて二十五両を奪われたことを知ったんです。『尾張屋』の主人が言うには、下手人の下げ緒が手に引っ掛かって、それが切れたのを持っているんです。それを見せてもらったら、山下さまの虎徹の下げ緒と同じなんです」

辰吉は興奮気味に言った。

花太郎は眉間《みけん》にしわを寄せ、神妙な顔をしている。

「あの日、山下さまはうちに来たのだ」

花太郎はぽつりと話した。

「え？　本当ですか」

「ああ、碁を打っていたのだ」

「何時《いつ》くらいまで一緒にいたのですか」

「暮れ六つを少し過ぎた頃だ」

あの時、これから約束があると言っていたのは、花太郎とのことだったのだ。

「じゃあ、それから山下さまはあの神社に潜んで待っていたんですよ」

辰吉が決めつけるように言った。

花太郎は苦い顔をしている。

「ちなみに、その下げ緒は主人が持っているのか？」

「いえ、ここに」

辰吉は懐から出して見せた。花太郎はそれを手に取り、目を凝らした。

「確かに、似ているが……」

花太郎は首を傾げた。

「これは山下さまのものに違いありません。あっしはちゃんと見ましたから」

辰吉は自信満々に言った。

「ちょっと、これを借りてもいいか」

花太郎が辰吉の目を見てきいた。

辰吉はどうしようか迷いながらも、

「わかりました」

と、小さな声で答えた。

別れの挨拶をし、辰吉は花太郎の家を出た。

四

それから辰吉は実家の大富町に向かった。

神社の辻強盗のことを考えていると、どうも不思議でならなかった。花太郎は今まで自分の縄張り内で起こった辻強盗の下手人をすべて捕まえてきた。それなのに、半年前の辻強盗に関しては探索を打ち切り、今回のも下手人がわかっていない。しかも、山下は花太郎と碁を打つほどの仲だ。もしかしたら、花太郎は山下が下手人だと知って、庇《かば》っているのではないかと思った。

『日野屋』の裏口から入った。三味線《しゃみせん》の音が聞こえてきた。

居間へ行くと、凜が撥《ばち》を止め、

「兄さん、しばらくね」

と、三味線を右肘《みぎひじ》と左手で抱えるようにして、辰吉に顔を向けた。

「ちょっと忙しくてな。親父は？」

辰吉は凜から少し離れたところに座ってあぐらをかいた。

「南茅場町のご隠居のところに出かけているわ」

「どのくらいで帰ってくるか言っていたか」

「ううん」

凜が首を横に振る。

「そうか」

「もうすぐ行っちゃうなら、伝えておくけど」

「いや、親父が帰ってくるまで待っている」

「そう」

凜は顔を戻し、撥を持ち直して、姿勢を正した。撥を振り上げたところ、

「そういや、花太郎親分を知っているだろう」

辰吉はふと口走った。

「うん」

凜は再び撥を止め、顔を辰吉に向けた。

「花太郎親分のこと、どう思う？」

辰吉は漠然ときいた。

「どう思うって？」

「いや、昔から親しくしているが、花太郎親分に関して何か悪い噂とか、聞いたことねえか」

「全く。だって、あんなに優しい人いないもの」

「まあ、そうだよな」

辰吉はそう言って頷きながらも、花太郎が山下のことを庇《かば》っているのではないかという疑いは消えなかった。むしろ、考えれば考えるほど、そうなのではないかと思ってしまう。

「花太郎親分と何かあったの？」

凜が不思議そうにきいた。

「いや、何かあったわけではねえが、ちょっと気になることがあるんだ」

「気になることって？」

「いや、大したことじゃねえ」

「いいから、教えてよ」

「……」

辰吉は口を開きかけて、ためらった。

「そのことで、お父《とっ》つあんにききに来たんでしょう」

凜が見通したように言う。

「まあ、そうだけど」

「なら、教えて」

凜が真っ直ぐな目で見てきた。

「気を悪くしねえでもらいたいんだけど、花太郎親分が下手人を庇っているんじゃねえかと思って」

「え？」

凜が驚いたように声をあげる。

「芝で辻強盗があって、その下手人と思われるのがこの前話した山下左衛門という浪人なんだ。いままで、花太郎親分は自分の縄張りで起きた辻強盗は皆、捕まえている。なのに、山下さまが関わっていると思われる辻強盗に関してだけ、下手人がわからないからと探索を打ち切っている。それに、花太郎親分は山下さまと旧知の仲なんだ」

辰吉が一連の流れをまとめて説明した。

しかし、凜は納得できないように首を傾げる。「あの花太郎親分に限って、そんなことはあり得ないわ」

凜は言い切った。

「俺もそう思いたいが、花太郎親分が庇っているとしか考えられない」

「山下さまがうまくやったから、花太郎親分が気づかなかっただけかもしれないじゃない？」

「いや、花太郎親分は凄腕《すごうで》の岡っ引きだ。一回だけならまだしも、二回目も気づかないなんてことが信じられねえんだ」

辰吉は力説した。

それでも、凜は否定的な顔をしている。

「そもそも、山下さまが本当に下手人なの？」

凜がきいた。

「ああ、間違いない」

「どうして？」

「辻強盗に遭った蕎麦屋の主人が逃げるときに、山下さまの刀の下げ緒を取ったんだ。その下げ緒は間違いなく山下さまのものだ」

「そう。じゃあ、下手人は山下さまかもしれないけど、花太郎親分はいくら親しいからって、下手人を庇うようなひとじゃないわよ」

凜は打ち消すように言った。

ふたりの間に気まずい空気が流れた。

少し沈黙があってから、

「そういえば、十五夜はうちに来るの？」

と、凜が気を取り直すようにきいた。

「どうしようかな。まだ考えていねえが」

辰吉は心の中では、おりさと一緒に過ごしたいと考えていた。しかし、なぜかそんなことを口にするのは恥ずかしかった。

「もし、忠次親分のところで過ごすとかじゃなければ、うちに来て欲しいの」

「どうしてだ」

「私は師匠と他のお弟子さんたちと一緒にお座敷に出ないといけなくて、家にいられないの」

「親父はどこにも出かけないの？」

「去年は近所のひとたちと一緒に過ごしたけど、やっぱり家で過ごしたいって」

「でも、ひとりで過ごすのもいいんじゃねえか」

「私が小鈴《こすず》師匠と一緒に行かなきゃいけないって言ったら、少し寂しそうだったの。兄さんがこっちに来てくれるとお父つあんも喜ぶわ」

凜が辰吉に頼むような目つきをしてきた。

「そうだな……」

辰吉は呟いた。

まだ十五夜におりさを誘ったわけではないし、おりさはもしかしたら『川萬』の人たちと一緒に過ごさなければいけないかもしれない。おりさには会おうと思えば会える。

「わかった、十五夜はこっちに来るよ」

辰吉は凜の目を見た。凜はにこりと笑顔で「よかった」と胸をなで下ろした。

そのとき、廊下から足音が聞こえてきて、辰五郎が部屋に入ってきた。

「来ていたのか」

辰五郎が辰吉の傍に座り、嬉《うれ》しそうに声をかけた。

「親父、ちょっとききたいことがあるんだ」

辰吉は改まった声できいた。

「なんだ？」

辰五郎がきき返した。

「花太郎親分のことだ。実は芝で辻強盗があって……」

と、山下の愛刀虎徹を探しに芝に行くことになったことから、神社で『尾張屋』の主人が逃げるときに下げ緒が引っ掛かって持って来たこと、さらに花太郎と山下が知り合いだということを語った。

「それで、もしかしたら花太郎親分が真実を知っているのに、山下さまを庇っているんじゃねえかと思って」

辰吉が言うと、辰五郎の顔がこわばった。

「おい、冗談でもそんなことというもんじゃねえ」

辰五郎は重たい声が咎《とが》める。

「いや、冗談じゃねえよ。花太郎親分は今まで辻強盗の下手人を捕まえられなかったことはない。それなのに、知り合いの山下さまが関わっているかもしれない件だけ、探索を打ち切っているんだ。これはただの偶然じゃねえだろう？」

「花太郎に限って、そんなことはしねえ。お前の勘違いだ」

辰五郎は強い口調で言った。

「どうして、親父にそんなことが言えるんだ？　花太郎親分が山下さまを庇っていないという証《あかし》でもあるのか」

「俺と花太郎は二十五年来の仲だ。あいつがそんな真似《まね》をしねえことくらいよくわかっている」

「そんなこと言ったって、親父の知らない花太郎親分の顔があるかもしれないだろう」

「いいや、そんなことはない！」

辰五郎は眉間にしわを寄せて、声を荒らげた。

辰吉が口を開くまえに、辰五郎が続けた。

「それに、お前の方こそ、花太郎が山下さまを庇っている証はねえだろう」

「いや、そうとしか考えられねえ」

「それはお前の考えすぎだ。思い込みで探索をするのは捕り物として一番よくねえことだ」

「思い込みなんかじゃねえ。これは冷静に考えれば、花太郎親分が庇っていると思うのが普通だ」

辰吉は負けじと言い返した。

「そんなことを言っているようじゃ、捕り物に向いてねえ」

「なに、少し前まではよくやっていると褒めてくれたじゃねえか」

「俺の勘違いだった。お前のやり方は罪のない者を貶《おとし》めることになる」

「まるで、俺が悪人のような言いぐさだな」

「お前のやり方を責めているまでだ」

「そうか、親父も結局はそんなひとだったんだな」

辰吉は憎むように辰五郎を見た。

「なにを言いやがる。さっさと、捕り物をやめちまえ！」

辰吉は腸《はらわた》が煮えくりかえるようだった。花太郎親分のことは否定されるだろうと思っていたが、まさかこんな言われ方をするとは思ってもいなかった。

「親父に相談しに来たのが間違いだった」

辰吉は震える声を浴びせ、大きな足音を立てて、居間を出て行った。

「待って」

凛が廊下まで追いかけてくる。

辰吉は凛を無視して、勝手口まで行った。

「兄さん、落ち着いてよ。いくらなんでも、お父つあんにあんな言い方はないんじゃない？」

凛が赤い顔をして注意した。

「お前もお父つあんの味方なんだな」

辰吉は敵意の目を向ける。

「そうじゃないけど、長年付き合いのある花太郎親分のことを悪く言ったら、お父つあんが気分悪くなるのも当たり前じゃない」

「でも、事実なんだから仕方ないじゃねえか」

「まだ事実と決めつけるのは早いでしょう」

「そんなことねえ。もう放っておいてくれ！」

辰吉は凛を怒鳴りつけて、勝手口から外に出た。空を見上げるといまにも沈みそうな夕陽が歪《ゆが》んで見えた。

　辰吉の心の中は怒りで燃えていた。


　その日の夕方、辰吉が長屋でくつろいでいると、腰高障子が叩かれた。

「誰です？」

　辰吉は土間に下り、
と、きいた。

「私です」

『一柳』の女中の声がした。

　辰吉は腰高障子を開けた。

「親分が辰吉さんのことを呼んでいます」

「そうか」

　辰吉はそのまま『一柳』へ女中と一緒に向かった。

「親分は怒っているか」

　辰吉は心配になってきいた。多分、父辰五郎とのことで話があるのだろうと感じていた。

「怒っているわけではないんですが……」

女中は曖昧《あいまい》に答えた。

すぐに『一柳』に着き、裏から入った。

廊下を進み、奥の忠次の部屋へ行くと、忠次は厳しい顔をして、腕組みをしていた。

辰吉は礼をして、忠次の前に座った。

「親分、あのことですか」

辰吉は恐る恐るきいた。

忠次は頷き、

「花太郎親分のことを疑っているようだな」

と、鋭い目で見た。

「親父の言い分だけだと誤解されちまいますんで、あっしが話します」

「結構だ。辰五郎親分はそんな一方的なことを言う方じゃねえ。お前は花太郎親分と山下さまが知り合いだということと、花太郎親分が今まで辻強盗をすべて捕まえてきているのに、山下さまが関わっていると思われるものについては探索を打ち切っているのが引っかかるんだろう？」

忠次は辰吉の顔をのぞき込むようにしてきいた。

「そうです」

辰吉は力強く頷いた。

「仮に花太郎親分が山下さまを庇ったとすると、どうしてそんなことをするんだ」

「そりゃあ、知り合いだからですよ」

「知り合いって言ったって、そんなに仲がいいのか」

「まあ、そこまで仲がいいかはわかりませんが、碁を打ったりしているそうじゃないですか」

「ただそれだけの関係だ。花太郎親分が山下さまを庇うことで何か得られることがあるのか？　むしろ、変な評判が立って、岡っ引きを辞めざるを得なくなることだって考えられるんじゃねえか」

忠次が淡々と問い詰めた。

「たとえば、花太郎親分が山下さまに何か弱みを握られているとか？」

辰吉は咄嗟に言った。

「その証があるのか？」

「いえ……」

辰吉は口ごもった。

「何の証もないのに、決めつけるようなことは口にしねえ方がいい。花太郎親分が庇っていたかどうかは置いておいて、山下さまが辻強盗をしたのかどうか調べるのが先だろう?」

忠次が優しい口調で言った。

「はい」

辰吉は頷いた。

「相手はお侍だし、慎重に進めるんだぞ。『尾張屋』の主人のことだけでは弱い。半年前に起こった辻強盗は、たまたま同じ場所で起こっただけで、山下さまの仕業とは言い切れない。山下さまの言い逃れが出来ないような強い証を見つけ出すんだ」

「わかってます。でも、半年前のことも、今回のことも見ている人がいるわけではありませんし、強い証と言われても……」

「もしも山下さまが下手人だとしたら、他でも辻強盗をしているかもしれねえな」

「花太郎親分から聞きましたけど、三か月前に箱崎でも辻強盗があって、同じ下手人らしいですね」

「そういえば、そんなこともあったな」

「やはり、山下さまかもしれません」

「まだ決めつけるのは早い」

忠次は言った。

辰吉はひとつ気になることがあった。半年前の芝と箱崎では、いきなり斬りつけられて、金を奪われているが、『尾張屋』の主人の場合は、刀を突きつけられたものの、斬られてはいない。一体、どういうことなんだろうか。

「ともかく、箱崎に関しても調べたほうがいい」

忠次が助言した。

「わかりました。繁蔵親分のとこへ行ってみます」

辰吉は意気込んで答えた。

第三章　刀鍛冶

一

烏《からす》の鳴き声に、辰吉は足を止めて、上を見上げた。

茜《あかね》色の空に、烏が数羽飛んでいた。もうすぐ暮れ六つ時である。

辰吉は再び歩き出し、日本橋箱崎町の岡っ引き繁蔵の家の前までやって来た。

繁蔵は忠次と衝突が多く、父の辰五郎とも考え方の違いからよく揉《も》めていた。しかし、ついひと月ほど前から辰五郎と繁蔵は差しで呑《の》むくらいまでの仲になっている。

辰五郎は、繁蔵について、本当は弱者の味方で、悪を恨んでいるが故に、強引な探索をしていると言うようになった。辰吉も危ないときに、繁蔵には助けられたこともある。

だが、今まで受けた数々の嫌がらせもあったので、まだ繁蔵のことを信じられない。

戸を開けて、土間に入った。誰《だれ》か客が来ているのだろうか、小さめの下駄が置いてあった。

「繁蔵親分、通油町の辰吉でございます」

辰吉は呼んだ。

廊下から足音がして、衝立《ついたて》の向こうから繁蔵の手下の圭太《けいた》が顔を覗《のぞ》かせた。

圭太は辰吉よりも三、四歳若い。孤児で、悪い仲間に入っていたが、繁蔵に救ってもらってから、住み込みで働いている。

「辰吉さんじゃありませんか」

圭太が柔らかい口調で出迎えた。

「繁蔵親分は？」

辰吉はきいた。

「奥にいますけど、ちょっと」

「手が離せないのか」

「はい。数日前にあった殺しの探索でここんところ忙しくて、疲れているからと座頭《ざとう》の春市《はるいち》さんに来てもらっているんです」

「按摩《あんま》さんか？」

「そうです」

圭太が頷《うなず》いた。

「ほんの少しだけでもいいんだ。話をきけないだろうか」

辰吉は無理を言った。

「ちょっと聞いてきます」

「すまねえな」

圭太は一度奥に行き、すぐに戻ってきた。

「上がってくれとのことです」

圭太が言った。

「そうか。ありがとう」

今まで土間で軽くあしらわれるのが常だった。父と繁蔵の仲が深まってから、繁蔵の辰吉への接し方も良い風に変わった。

辰吉は圭太の後に付いて、奥の間へ行った。そこは十畳ほどで、裏庭が見渡せる。

「親分、失礼します」

辰吉が声をかけてから、部屋に入った。

繁蔵はうつ伏せで、廊下側に尻《しり》を向けている。年輩の按摩が繁蔵の腰を押していた。

繁蔵は痛みのせいか、「うう」と唸《うな》っていた。

辰吉は部屋に入って、繁蔵の顔が見える場所に座った。

「何の用だ？」

繁蔵は目を瞑《つぶ》りながら、ぶっきらぼうにきいてきた。按摩に体を押されて、繁蔵の体が時折大きく揺れている。

「五月下旬に箱崎であった辻《つじ》強盗のことです」

辰吉は切り出した。

「辻強盗？」

繁蔵は目を開けて、辰吉を見た。

「はい、背後から刀で斬《き》りつけられて、未《いま》だに下手人が捕まっていないと聞きました。いま調べていることが、その件と関《かか》わりがあるかもしれないんです」

辰吉は告げた。

「何を調べているんだ」

「今月四日に芝で起こった辻強盗です。その下手人が箱崎の殺しとも関わっているのではないかと思うんです」

「お前は下手人を知っているということか」

繁蔵が片眉《かたまゆ》をあげて見た。

「まだ確かな証《あかし》はありませんが、そうじゃないかと睨《にら》んでいるひとはいます」

「誰だ？」

「山下左衛門という神田佐久間町に住む浪人です」

「知らない名前だな」

「山下さまは半年前に芝金杉であった辻強盗もやっていると思います。それだけじゃないんです」

「芝でまた辻強盗があった？　死体は同じような刀の斬り口があるのか？」

「いえ、今回は襲われた男が逃げたので、死んではいないんです」

「その男はよく逃げられたな」

「金を渡すときに、隙《すき》を見て駆けだしたそうです」

「半年前の芝と箱崎は同じ下手人だと思うが、山下ではない。こっちでは斬りつけられてから懐《ふところ》の金を盗まれている。違う男だ」

　繁蔵は呆《あき》れるように言った。

「でも、同じ場所で起きているんですよ」

　辰吉は力を込めて言った。

「それは偶然だ」

「いや……」

「あるいは、半年前の辻強盗のことを山下が知って、真似《まね》たということもあり得る。とにかく、山下は箱崎の下手人ではねえ。四日の件はわからねえ。花太郎の縄張りだろう?」

辰吉が続けようとするのを繁蔵が遮った。

「そうなんです。それで、花太郎親分に会いに行ったら、なんと山下は花太郎親分と親しいということがわかりました。だからか、あっしが山下さまのことを訴えても、取り合ってくれません。花太郎親分が庇《かば》っているんじゃないかと……」

「俺《おれ》にどうして欲しいんだ」

繁蔵は再び辰吉を見た。

「あっしの親父《おやじ》や忠次親分は花太郎親分と親しいからか、あっしの言うことを聞きいれてくれないんです。それで、繁蔵親分の考えを聞きたかったんです」

辰吉は真剣な目で言った。

「俺は確かに花太郎と仲がいいわけじゃねえから、あいつのことを庇うつもりはないが、花太郎はそんなことをするような奴《やつ》じゃねえ。お前の見込み違いだ」

繁蔵が首を傾《かし》げた。

「繁蔵親分まで花太郎親分の肩を持つんですか」

「あいつの肩を持つとかじゃない。ともかく、一連の殺しは山下じゃない」

「実は今回の件で下げ緒が……」

辰吉は一生懸命説明しているが、繁蔵はまともに聞いていない。足の裏を押している春市に向かって、「そこだ、そこが痛えんだ」と顔を振り向かせて言った。

「もういいだろう。帰ってくれ」

繁蔵が追い返すように言った。

辰吉は不満だったが、素直に従い、

「お邪魔しました」

と、部屋を後にした。

肩を落として土間へ行くと圭太が心配そうな顔をしていた。

「辰吉さん、大丈夫ですか」

「ああ」

「ちょっと、何があったのか教えてください」

「いや、お前さんには関係ねえことだ」

辰吉はそう言い、下駄を履いて、繁蔵の家を出た。空は暗くなってきていた。辺りは静まり返ったように静かだ。

「辰吉さん、待ってください」

後ろから圭太が追いかけて、門の外まで付いてきた。

「圭太、戻らねえと繁蔵親分に叱《しか》られるんじゃねえのか」

辰吉は立ち止まり、追い払うように言った。

「いえ」

圭太は首を横に振り、

「あっしが力になれることなら、何でも言ってください」

「本当に大丈夫だから」

「そんなことないですよ。いつもの覇気のある辰吉さんとまるで様子が違いますよ」

圭太は引き下がらない。

「どうして、そんなに俺に構うんだ」

辰吉はきいた。

「辰吉さんに憧《あこが》れているんです」

「なに、俺に憧れているだと？」

「ええ、少し前に辰五郎親分に世話になったときに、辰吉さんのことを聞きました。

辰五郎親分が家族を省みなかったことで一度は辰吉さんが反発して家出をしたが、今では親分の仕事を受けついで忠次親分の信頼を得ているって」

圭太が真面目《まじめ》な顔で言う。

途端に父の顔が過《よぎ》った。だが、「捕り物なんかやめちまえ」という言葉が耳の中で繰り返される。

「うちの親分も辰吉さんのことを褒めているんですよ」

「えっ？　繁蔵親分が？」

「まさか」

「いえ、本当です」

「親分がそう言っていたのか」

「口にはしていませんけど」

「なら、お前の勘違いかもしれねえだろう」

「いいえ、さっきも辰吉さんと親分の話を聞いていましたけど、あの口ぶりはそうです。親分は不器用なんです。だけど、認めていない者の話をちゃんと聞くことはありませんから」

圭太はそう言い、

「私も辰吉さんの話を聞いていると、なんだか花太郎親分が山下さまを庇っているようにしか思えません。何かあったら、あっしも力になります」

と、意気込んだ。

「そうか。ありがとうよ」

辰吉は圭太の肩を軽く叩《たた》いた。このことに関して、初めて自分の考えを受け入れてくれる者がいて、なんだか心強くも感じた。

「じゃあ、また何かあったらいつでも来てください」

圭太は戻って行った。

辰吉は再び歩き出した。父や忠次や繁蔵にわかってもらえないもどかしさは依然として消えないが、圭太と話したことで、少しだけだが心が軽くなった。

しかし、何がなんでも山下のことを暴いてやると意気込んだ。そして、山下のことを見て見ぬ振りをした花太郎に対しても、今まで恩はあっても、これぱかりは許せない気持ちでいた。

数日後、辰吉が通油町の長屋付近に帰って来ると、若い男の弟子を従えた三味線《しゃみせん》の師匠、杵屋《きねや》小鈴とばったり会った。小鈴は三十近くの独り身で、『一柳』の隣に住んでいる。美人で色気もあるからか、男の弟子が多い。しかし、弟子たちに目をくれないばかりか、一切男の噂《うわさ》も聞かなかった。それもあって、娘を小鈴の元に通わせる親たちもいる。妹の凜も小鈴に稽古《けいこ》をつけてもらっており、父の辰五郎、忠次も小鈴と
は長い付き合いである。

「最近、忙しいようだね」

小鈴がきいた。

「ええ、ちょっと調べていることがありまして」

辰吉は適当に答えた。

「忠次親分から少し聞いたよ。あまり無理をするでないよ」

小鈴が含みのある言い方をした。

「えっ、何を聞いたんですか」

「お前さんが花太郎親分を疑っているってことだよ。それと凜ちゃんから、辰五郎親
分と喧嘩《けんか》したって聞いたんだけど」

「ええ……」

「何があったんだい？」

「……」

辰吉は目を逸《そ》らした。

「まあ、うちに上がって話を聞かせてくれ」

「いえ、そんな師匠にお話しすることでも」

「いいじゃないか。心配なんだよ」

小鈴は家に向かって進んだ。

辰吉が立ちすくんでいると振り返り、

「早く」

と、手招きした。

辰吉は付いて行き、小鈴に続いて家に入った。三味線を抱えていた若い男の弟子がすぐさま立ち上がり、辰吉と小鈴が居間に着くころには、行灯《あんどん》の明かりを点《とも》していた。

「師匠、失礼します」

若い男の弟子はそう言って、去って行った。

辰吉と小鈴は向かい合わせに座った。

「どうしたんだい」

小鈴がきいた。

「師匠も花太郎親分をご存じですか」

「ああ、それほどの付き合いじゃないがね」

「あっしが芝で二回と箱崎であった辻強盗が山下左衛門という浪人の仕業じゃないかと睨《にら》んでいるんです。花太郎親分と山下は親しいそうなんです。花太郎親分は今まで色々な辻強盗を捕まえてきているのに、知り合いの山下さまの件だけは捕まえていないんです。だから、もしかしたら、庇っているんじゃないかと思っていて、それを親父に伝えたら、怒り出したんです」

「そりゃあ、無理ないよ。辰五郎親分と花太郎親分は親しいんだろう?」

「ええ」

「私は花太郎親分のことはよく知らないけど、評判のいい方だろう。それなのにわざわざ知り合いの浪人の罪を庇うっていうのが腑《ふ》に落ちないね」

小鈴が首を傾げた。

「だからですよ。その親分が何でこの件だけ探索に戸惑っているのかが不思議じゃないですか」

辰吉は言い返した。

「たまたま手掛かりが摑《つか》めないのでしょう」

「でも、同じ場所で二度も起きているんです」

「それは気になるけど、そもそものふたつが同じ下手人だとどうしてわかるのさ。もしかしたら、違うかもしれないじゃないか」

「いえ、そんなはずはありません」

辰吉は強い口調で言った。いくら、どういうわけで同じ下手人だと言えるのか説明しても、小鈴にもわかってもらえないだろうと思った。

「辰吉さん、私は何もお前さんが見当違いをしていると決めつけているわけじゃないんだよ。傍《はた》から見て、そうじゃないんじゃないのと思われていることに対して、意地を張らないで、少しは周りの言うことに耳を傾けた方がいいと思うんだ。違うかえ？」

小鈴が真面目な顔を向けた。

辰吉には言い返す言葉がなかった。確かに、小鈴が言っていることは筋が通っている。しかし、そんな回りくどいことをしていて、山下を野放しにしていたら次の辻強盗が起こってしまうかもしれない。

「最近、おりさちゃんが心配しているんだ」

小鈴が不意におりさの名前を出した。

「何をですか？」

「しょっちゅうお前さんと会っているそうだが、最近はちょっとしたことでも苛立《いらだ》っているって。それに、話していてもどこか上の空の時があるとも言っていたよ」

「いえ、それはおりさが勘違いしているだけで」

「勘違いかどうかは別としても、好きな女にそう思わせてしまうのはよくないんじゃないかえ」

「……」

「おりさちゃんを心配させないであげてよ」

小鈴が注意した。

「わかりました」

「引き留めて悪かったね。探索頑張っておくれよ」

「はい」

辰吉は足早に小鈴の家を出た。どこかからか、犬の遠吠《とおぼ》えが聞こえてきた。長屋に戻ってしばらくしてから寝床に入ったけれど、夜は考えることが多すぎて、あまり眠れなかった。

二

よく晴れた昼過ぎ、辰五郎は肩に淡い光を浴びながら、新富町の一角で待っていた。道具箱を提げた、二十代後半で背の高い生真面目そうな男が脇目《わきめ》をふらずに歩いてくる。一見すると、不機嫌なのではないかと思うが、さっき近所のおかみさんたちに話をきいたら、矢三郎はいつもそんな感じだそうだ。

男は長屋木戸の付近で立っている辰五郎に近づくと、ちらっと目を向けたが、すぐに真《ま》っ直《す》ぐ正面を見て、長屋木戸をくぐった。それから、一番手前の家の腰高障子《こしだかしょうじ》に手をかけた。

「お前さんが矢三郎かい」

辰五郎は近づいて声をかけた。

男は腰高障子から手を離し、振り返った。

「そうですけど」

低い声が返ってくる。訝《いぶか》しげな表情をしていた。

「俺は大富町の辰五郎ってもんだ。『加賀屋』の玉里のことできたいことがある」

「玉里？」

矢三郎は意外そうな声を出した。

「通っていたそうだな」

辰五郎は用心して声を潜めて言った。

「それは昔の話ですよ。身請《みう》けされてからのことは知りません」

矢三郎は早く終わらせたいような態度をしている。

「すまねえ、ちょっとききたいことがあるんだ。長いことかからねえから」

辰五郎は頼んだ。

矢三郎は無愛想な表情を変えずに頷き、腰高障子を開けて中に招き入れた。

道具箱を上がり框《がまち》の端に置き、

「どうぞ」

と、ぼそっと言った。

辰五郎は履き物を脱いで、部屋に上がった。

部屋の中は色々散らかっているが、全《すべ》て仕事に関《かか》わるもののようだ。

「玉里がお前さんと親しかったって聞いたから来たんだ」

辰五郎は切り出した。

「親しいって言っても、所詮《しょせん》は客と遊女の仲です。あいつはどんな大店《おおだな》の旦那《だんな》でも、大名でも身請けは断ると言っていたんです。まあ、吉原の女の言うことですから、別に真に受けていませんでしたけどね。でも、まさか喬太郎さんに身請けされるなんて」

　矢三郎は納得のいかない様子で、口を曲げている。不満はまだありそうで、もっと愚痴を言いたそうだ。

「玉里にはどれくらい通っていたんだ？」

「二年くらいです。仕事の仲間に誘われて、吉原へ行ったときに、初めてあいつに会ったんです」

「それから、結構通うようになったのか」

「いえ、はじめのうちは月に一度か二度くらいでしたが、だんだんと情が湧《わ》いてきまして。それに、気立てもよく、あっしの懐《ふところ》事情も心配してくれたんで」

　矢三郎の真っ直ぐな瞳《ひとみ》の奥に、不器用な男が花魁《おいらん》に惚《ほ》れている姿が浮かんで見えるようだった。

「多い時にはどれくらい通っていたんだ」

「三日と空けずに通った時期もありました」

「よく金があったな」

「仕事をできるだけ増やしましたし、他に金を遣うところもありませんから」

「玉里が身請けされるっていうのは、いつ知ったんだ」

「身請けの二日前です」

「誰からきいたんだ？」

「本人の口からです」

「それを聞いてお前さんはどう思ったんだ」

「嫌な気になりました」

矢三郎は目をわずかに逸らして言った。

『加賀屋』の番頭からは、矢三郎がやけに怒っていたと聞いている。普段はおとなしそうだが、何か気に障ることがあれば、鎮めるのに手がかかりそうな男だ。

「怒鳴ったりしたのか」

辰五郎はきいた。

「覚えていませんが、もしかしたら」

矢三郎は頷く。

「身請け話の他に、何か言っていたか」

「実は一緒になろうと約束していた同郷の男が箱根の山中で殺されたことなど嘘《うそ》か真《まこと》かわからないようなことを聞かされました。あっしはそれを聞いて、ずっと騙《だま》されていたと思い、面白くないんで途中で帰ったんです」

矢三郎は怒りがぶり返してきたのか、激しい口調になった。

辰五郎は相手の目を見て、落ち着くのを待ってから、

「それ以来、玉里には会っていないいんだな」

と、確かめた。

「ええ、『加賀屋』に行っていませんから」

「喬太郎の家まで玉里の様子を見に行くようなことはなかったのか」

「そんなことしていませんよ」

「町中で似たような女を見かけたりもしなかったか？」

辰五郎は念のためにきいた。

「いいえ」

矢三郎は首を横に振る。

「そうか。ちなみに、玉里は何か探しているものがあるとか言っていなかったか」

「さあ、そんなことは言っていなかったと思いますがね」

矢三郎は答えた。嘘をついていたり、何か隠しているとは思えない。

芝で玉里と一緒にいた男の特徴が矢三郎と似ていると言っても、この男ではないようだ。

玉里と一緒にいた男は何を探していたのであろうか。

玉里は矢三郎にも、半吉とのことを話している。

自らそのことを話すくらいだから、半吉とのことに嘘はないのだろう。だとすると、芝で一緒にいた男が恋人だということも考えにくい。玉里と半吉と同郷で幼なじみの与助も知らないことから、その男は江戸に来てから知り合った男だろう。『加賀屋』の時の客ではないかもしれない。

玉里は半吉の殺された件を調べているか、それとも仇《かたき》を取ろうと探しているのだろうか。

辰五郎の頭には、色々な考えが浮かんだが、どれもいまいちしっくりと来るものがない。

辰五郎は他にも、矢三郎に玉里のことをきいてみたが、特に新しく得られることはなかった。

「仕事終わりに邪魔してすまなかった」

辰五郎は軽く頭を下げてから、長屋を去って行った。

それから、質屋の主人から連絡があり、七軒町の質屋の前で話しかけられた浪人から話を聞くために、芝神明町に行った。

浪人の住まいは、花太郎の家の土産物屋《みやげものや》『花屋』から一本通りを挟んだところの裏長屋であった。

ふと、辰吉が花太郎を疑っていることを思い出した。しかし、花太郎は下手人を庇うような男ではないという気持ちに変わりはない。辰吉も調べていくうちに、花太郎の無実をわかってくれるだろうと信じている。だが、辰吉との仲を取りもどすことができるだろうかと少し心配であった。凜は自分から謝らなければ辰吉は向き合ってくれないと言っていたが、辰五郎もなぜか凜の考えを素直に受け入れられなかった。そのうち、辰吉はわかってくれるだろうと思っているが……。

裏長屋に入り、その浪人の家の前に立つと、子どもが三人そこから出てきた。子どもたちが過ぎ去ってから、辰五郎は腰高障子を開けて、土間に入った。

壁には「いろはにほへと……」と書かれた紙が張られている。

部屋にいた三十代半ばの浪人は顔を向ける。

「申し訳ない。もう手習いの子どもは募集しておらんのだ」

「いえ、そうじゃないんで。芝の質屋から聞いてきた大富町の辰五郎と言います」

「あの旦那が話していた者か。まあ、上がってくれ」

浪人が招いた。思っていたよりも感じのいい人だ。

辰五郎は部屋に上がり、浪人と向かい合わせに座った。

「で、芝で声をかけられた男女についてだな?」

浪人が確かめた。

「ええ、そうです」

「大したことではないのだが、探している刀があるというのだ」

「探している刀?」

「ああ、その男は刀匠だそうで、作った刀を盗まれたそうなんだ。その刀を探していると言っていた」

するると、辰五郎が考えていた半吉殺しのことで玉里が男に力添えをしてもらっているという筋書きは違ってくる。

しかし、表向きはそのような名目を作っておいて、下手人を探しているということも考えられなくはない。なんと言っても、半吉殺しの下手人は浪人だ。しかし、目撃された浪人とこの男の人相は違う。

「男は名乗っていましたか」

辰五郎はきいた。

「たしか、菊八と言った」

「菊八……」

刀について詳しくはないが、その名前を聞いたことはない。

「どこの刀匠でしょう？」

「美濃だ」

「美濃ですか？」

辰五郎はきき返した。

「少し前に江戸にやって来たと言っていたな」

「その刀を探しに江戸にやって来たんですかね」

「どうだろうな。それだけではなさそうだが」

「どのあたりに住んでいるか言ってませんでしたか」

「さあ、聞いてないな」

浪人は首を傾げた。

「そうですか。刀以外に何かきかれませんでしたか」

もしかしたら、その刀は箱根の山中で半吉を殺した者が持っているもので、そのことをどこかで知って探しているということも考えられなくはない。

「ああ」

浪人は短く答えた。

「ふたりはどっちの方へ向かったかわかりますか」

「大門の前を右に曲がったのはわかるが、そこからはどこへ行ったのか」

浪人は考えるようにして言った。

「そうですか。ありがとうございます」

辰五郎は礼を言って、浪人の住まいを出た。そして、その足ですぐ近くの『花屋』まで行った。

ここに来るのも数か月ぶりである。

前回は、花太郎と囲碁をしに来たのだった。花太郎は捕り物以外に他に好きなものがなく、唯一心を無にして楽しめるのが囲碁だと語っていた。ただ、それでも囲碁の最中に捕り物のことを考えているような顔つきのことはよくある。自分や繁蔵や忠次とは少し種類が違うが、根っからの岡っ引《おかび》きだ。

辰五郎が暖簾《のれん》をくぐり、土間に立つと、客はいない。

店番にまだ十五、六くらいの女が立っていた。働き始めたばかりのようで、緊張した面持ちである。

「いらっしゃいまし」

女が頭を下げて出迎えた。

「花太郎は帰ってきていないかい」

「はい、まだでございます」

「そうか」

「何かご用でしょうか」

女がぎこちなくきいてきた。

「ちょっとな。まあ、今いないならまた後で来る」

「そうでございますか。一応、旦那さまのお名前をお聞きしておいてよろしいですか」

「ああ、大富町の辰五郎だ」

「大富町の辰五郎さんですね」

女は繰り返した。辰五郎は、にこりと頷いた。

辰五郎は『花屋』を出ると、大門通りを増上寺に向かって進んだ。さっきの浪人から聞いた話を基に、大門の前の通りを右に折れた。

ふと、少し先に知った男がある店から出てきた。

魚屋の善太郎《ぜんたろう》である。辰吉と同じ年の男だ。

いつもは天秤棒《てんびんぼう》を持っているが、今日は何も持ち物がなかった。魚は朝仕入れて、早く売りさばくのだろうから、夕方に売るということはないだろう。

善太郎は辰五郎とは反対の方向へ歩いて行った。

辰五郎は早足で後ろから追いかけ、夕陽《ゆうひ》に当たって長く伸びた善太郎の影を踏むくらいまで近づき、

「おう、善太郎」

と、声をかけた。

善太郎は振り向き、

「あっ、親分。どうも」

と、頭を下げる。

「しばらく見かけなかったな。大富町の方へは来ていないのか」

「ええ、最近、鉄砲洲《てっぽうず》や芝の上屋敷でまとめて買って下さるお方がいらっしゃるんです。大富町の方へも伺いたいんですけど、朝仕入れて芝に行って、そこで魚をだいぶ売って、大富町の方に向かう途中には他のお客さまに買われて、魚は売り切れちまいます」

善太郎が申し訳なさそうな顔をした。

「結構なことじゃねえか」

「運がいいんですかね」

「そうじゃねえ。お前さんの魚の目利きが良いから、評判になって、そういう良い客が付いたんだろう。大したもんだ」

辰五郎は感心するように言った。

「いえ、そんな……」

善太郎が恐縮して顔の前で手を横に振った。

「それより、こんなところで何をしているんだ」

辰五郎はきいた。

「実は使っていた包丁を落として刃を欠けさせてしまいまして、この近所にあっしの親方もよく使っている腕のいい職人がいるって聞いたので研ぎに出したんです。それで研ぐのを終わるまでこの辺りでぶらぶらしようと」

善太郎が説明した。

それから、改まった声で、

「それより、親分はこんなところで何を？」

と、きいてきた。

「ちょっと調べていることがあるんだ」

「何を調べているんです？」

「実は十日ばかり前にこのあたりにいた若い男女なんだ。男は美濃の菊八という刀匠らしい。女は玉里という吉原の遊女だった女だ」

「刀匠なら、あっしが包丁を研ぎに出したところできけばわかるかもしれませんよ。その人は刀鍛冶《かたなかじ》もしていますので」

善太郎はそう言って、辰五郎をその店まで案内した。

店は奥まったところにあり、間口が狭かった。中にはいると蒸し暑く、じわりと汗が出てきた。

奥で白髪の男が包丁を研いでいる。

「すみません」

善太郎が声を掛けた。

しかし、男には聞こえないようだった。

「すみません」

と、もういちど善太郎が大きな声をかけた。すぐに、汗にまみれた六十過ぎと思われる白髪の男が出てきた。

「さっきのじゃねえか。まだ出来ていねえぜ」

男が面倒くさそうに言った。

「いえ、違うんです。こちら、大富町の辰五郎親分なんですが、菊八っていう刀匠を探しているそうで」

善太郎が伝えた。

「そうなんです。二十六、七で美濃の者らしいんですが、知りませんかね」

辰五郎は付け加えてきいた。

「美濃の菊八？　そうだな、聞いたことはないが、それくらいの年齢だと、菊貞《きくさだ》の倅《せがれ》かもしれねえな。菊という名がついているくらいだし、ちょうどそれくらいの子どもがいたはずだ」

男は辰五郎の目を見て答えた。

「菊貞っていうと、あの一時期人気のあった？」

刀剣に詳しくない辰五郎でも知っている。

「そうだ」

男は頷いた。

菊貞は他に類を見ないと言われる名刀工で、将軍や大名にも刀を献上したことのある者だ。一世を風靡《ふうび》したが、ある時から菊貞の名を聞くことはなくなった。菊貞が作った刀が原因で、不吉なことが起こり、その祟《たた》りによって菊貞が殺されたと噂が流れている。

「菊貞が殺されたって聞きましたけど……」

「それはただの噂だ。まあ、その噂も半分は当たっている」

「と言いますと？」

「あるお殿さまがご乱心になられて、家来たちを何人も斬りつけたんだ。その時の刀が菊貞の作ったものだった。それ以来、刀を作らなくなり、弟子や倅に教えているそうだ」

男は説明した。

「失礼ですが、あなたは菊貞とは親しいのですか」

「あいつが若い頃、江戸で数年間暮らしていたことがあってな。そのときによく一緒にいたんだ。それからも、文《ふみ》を交わしたり、あいつが江戸に出てくるときには、会ったりした。倅とも会った」

「その倅はきりっとした顔ではなかったですか？」

「さあ、まだ幼い頃に会ったからな。そのときには、丸顔で愛らしい目をしていたんだが」

「もし、その倅が菊八だとして、どこを訪ねるかわかりませんか」

辰五郎はきいた。

「それこそ、俺のところに頼ってきそうなものなんだがな」

男はやや不満そうに首を傾げ、

「横山町《よこやまちょう》に菊貞の従兄弟《いとこ》が住んでいる。そいつも刀鍛冶なんだが、そこに行っているかもしれん」

と、腕をくんで考えるようにして言った。

「横山町のどの辺りですか」

「一丁目だ。菊松一文字《きくまついちもんじ》という刀を作っている」

そこを訪ねてみようと思った。

「他に何かききたいことは？」

男がきいた。

「いえ、また何かあったら来ます。ありがとうございました」

辰五郎は礼を言って、その店を出た。

それから、善太郎が「なにかわかるといいですね」と自分が役に立てたと喜ぶように言った。

辰五郎は善太郎にも礼を言ってから、再び『花屋』を訪ねた。

三

暖簾をくぐると、さっきの若い店の女がいて、辰五郎を見るなり、

「ついさっき、お帰りになったばかりです。辰五郎さんがお見えになったら、部屋に通すように言われております」

と、知らせてくれた。

辰五郎は履き物を脱いであがり、廊下を伝って奥の部屋へ案内された。

襖《ふすま》が開いており、部屋の中に花太郎がいるのが見えた。

辰五郎は「失礼するよ」と部屋に入った。

「久しぶりだな」

花太郎が言った。

「ちょっと、近くに用があって来たんだ」

辰五郎は花太郎の向かいに座った。

「そうか。てっきり、辰吉のことだと思ったが」

「まあ、それもある。倅が迷惑をかけていたら、すまねえ」

辰五郎は膝《ひざ》の上に手を添え、頭を下げた。

「なに言ってんだ。迷惑なんか……」

花太郎が首を横に振ってから、

「いくらお前の倅だからと言っても、辰吉はまだ若い。若いのはいいことだが、血気盛んになりすぎて、正しくない見込みのまま探索を進めることがある。お前さんがそれを正しい方向に導いてやってくれ」

と、まるで辰吉が花太郎が山下を庇っていると疑っていることを知っているような口ぶりで、穏やかに言った。

花太郎の言う通り、親であり、捕り物の先輩である者として、辰吉の考えを頭ごなしに否定するのではなく、話を聞いた上で、ちゃんと諭せばよかった。自分は辰吉を真っ向から否定してしまったのかもしれない。

「そうなんだが……」

辰五郎はため息を漏らした。

「何かあったのか」

「倅と喧嘩した。お前さんのことを疑うからだ」

「その気持ちはわからないでもない。俺も若い頃だったら、辰吉と同じように考えていたかもしれねえ。それに、端から見て、俺が山下さまを庇っていないとは言い切れないだろう？」

花太郎がきいた。

「いや、お前はそんなことをする人間じゃないってわかってる。それに、山下さまが一連の辻強盗の下手人だと決めつけるのも早すぎる気がする」

辰五郎は正直な考えを話した。

「俺も山下さまのことを頭に入れていなかったのは、確かに迂闊《うかつ》だったと思っている。辰吉に言われて、『尾張屋』の主人の辻強盗を山下さまがやっているかもしれないと思うようになった。というのも、金杉近辺に住む浪人に、辻強盗が会った日のその刻限に、どこで何をしていたのか全てきいてまわった。だが、皆神社の近くにはいなかったということが証《あか》されている。だが、山下さまが俺の家から帰る途中に神社に行ったとすれば……」

花太郎は続く言葉を濁したが、鋭い目つきになっていた。

「じゃあ、山下さまってことも考えられるのか」

辰五郎は踏み込んできいた。

「まだわからないが、そのこともあり得ると思って探索している」

「じゃあ、山下さまに会いに行ったのか」

「いや、まだだ。もう少しはっきりしてから会いに行こうと思っている」

花太郎はいつも慎重である。昔から変わっていない。どんなにあれが下手人であろうと思われることでも、完璧《かんぺき》な証を見つけてからでなければ、捕まえることはない。

そういう性格のおかげか、花太郎が誤って誰かを捕まえたことは一度もないはずだ。

しかし、花太郎があり得ると言っているのだから、そういうことも十分に考えられる。

「だが、どうも引っかかるんだ」

花太郎がためらうように言った。

「引っかかるって？」

辰五郎はきき返す。

「今回の件に関しては山下さまが仮にやったとしても、半年前に同じ神社であった殺しは山下さまでない」

「どうしてだ」

「手口が違うからだ。今回は刃物を突きつけて金を奪った。殺す気はなかったようだ。もし殺すのであれば、わざわざ金を出させる要はないからだ」

花太郎がひと呼吸置いた。辰五郎も花太郎の考えに頷いて答えた。

「半年前の殺しで、下手人が刀を抜いたのは、脅すためだったのか、または殺すためだったのか、殺され方を見ればすぐにわかった。賽銭《さいせん》泥棒の男は一刀に斬りつけられている。それも斬り口からして逃げようとしたところを後ろからやられたのだ。着物の胸元がはだけていたことからも、殺されたあと財布を盗まれたと見られる」

「つまり、今回とは手口が違うってわけだな」

辰五郎は確かめた。

「ああ、そうだ」

花太郎は頷いた。

「忠次がここ半年間に起こった辻強盗のことで、話しにきた。そのときに言っていたのは、三か月前に箱崎であった下手人のわからない辻強盗のことだ。前に繁蔵にきいたところでは、死体は一刀の下に斬りつけられており、斬り口も同じ刀のようだ。着物の胸元が乱れていたことも同じだった。だから、同じ下手人だろう」

「では、その二件は山下さまとは考えられないか」

辰五郎は確かめた。

「それはない。だが、辰吉は山下さまの仕業だと見て、探索をしているようだ。それで、ますます俺に対して不信感を抱いているのだろう」

花太郎は困ったように言った。

「すまねえ」

辰五郎は息子の代わりに謝った。

「謝ることはないが、仮に全ての辻強盗で山下さまが下手人ということで捕まったとなれば、死罪になることは間違いない。別に山下さまと親しいから言っているんじゃない」

花太郎が深刻な表情をした。

「でも、辰吉がいくら山下さまのことを疑っていても、忠次がどう考えるかだ」

「忠次だって、辰吉の言い分を信じているわけではないだろう」

と花太郎が言ったあとで、

「辰吉がそこまで突っ走るのには、やはり何か根拠があるとしか思えない」

「どうして、そこまで疑いを向けるか調べてみる要があるな」

辰五郎は呟いた。

もしかしたら、自分が否定したから、辰吉は躍起になっているのではないかと思った。そうだとしたら、自分のせいでそんな風になっているのだ。

辰五郎はそのことを考えながら、花太郎の家を後にした。

大富町の『日野屋』へ帰った頃には、辺りはすっかり暗くなっていた。もう表は戸締りされているので、裏口から中に入った。

勝手口で、高助と女中が楽し気に話していた。

「旦那さま、お帰りなさいませ」

ふたりが口を揃《そろ》えて言った。

「留守の間、誰も訪ねてこなかったか」

辰五郎は高助にきいた。

「いえ、棟梁《とうりょう》が訪ねてきました。旦那さまがいつ帰ってくるかわからないけど、五つ（午後八時）までには帰ってくるはずですと伝えましたら、またその頃に伺うとのことでした」

高助がはきはきと答えた。

喬太郎は玉里のことで何か進展があるかききに来たのだろう。そのうち、喬太郎に会いに行こうと思っていたところだった。

「そうか。棟梁が来るんであれば、表の灯《あか》りは付けたままにしておきなさい」

「はい」

高助が頷くと、

「旦那さま、お食事は？」

女中がきいた。

「帰りに屋台の蕎麦《そば》を食べてきた」

「わかりました」

「じゃあ、お休み」

辰五郎は勝手口を離れ、居間に向かった。

すると、凜が三味線の弦の張り替えをしていた。今日は昼過ぎに小鈴の元へ稽古に行くと言っていた。明日の十五夜に、小鈴と他の弟子たちと一緒に座敷に呼ばれているので、一日中三味線を触っている。

「お父《とっ》つあん、お帰りなさい」

凜が顔を上げて、言った。

「小鈴師匠がお父つあんの心配をしていたわよ」

「師匠が？」

「兄さんと喧嘩したから、きっと気にして、滅入っているんじゃないかって」

「師匠も変なことを気にするんだから」

「でも、本当のことでしょう？」

凜が覗きこむようにきいた。

「……」

辰五郎は何も答えなかった。

「それに、帰りに兄さんにも会ったわよ」

「何か言っていたか」

「親父はどうしているってきいていたわ」

「そうか」

辰五郎は短く答えた。

「何度も言うけど、お父つあんから兄さんに声をかけてあげてよ」

凜が真っ直ぐな目で頼んできた。

「俺からでないといけないのか」

「だって、そうじゃないと、兄さんはいつまで経っても意地を張って仲直り出来ないわ」

「でも、あいつにそんな気がないなら、俺がわざわざ行くことはないだろう」

「お父つあんまでそんなこと言うの？」

凜はあきれたようにため息をついた。

「俺までって、どういうことだ？」

「実はね、兄さんにお父つあんに謝りに行ってと頼んだの。そしたら、お父つあんと同じ理屈を言われたわ」

「……」

「ね、お願い」

凜が真っ直ぐな目で見つめてきた。

辰五郎は「わかった」と無愛想に返した。

廊下から足音が聞こえてきて、高助が部屋にやってきた。

「旦那さま、いま棟梁がお見えに」

「そうか。奥間に通しておくれ」

「はい」

辰五郎は立ち上がった。

「お父つあん、さっきのこと約束よ」

凜が念を押した。

「ああ」

辰五郎は頷き、居間を出た。それから、奥間へ行った。

ちょうど、高助が案内を終えて出てきたところだった。

「茶を持ってきてくれ」

辰五郎は言いつけて、襖を開けて、奥間に入った。

「親分、ご無沙汰《ぶさた》しております。その後どうなりましたか気になりまして」

喬太郎が頭を下げた。

「いや、棟梁。まだ調べている最中なんだ。でも、少しわかってきた」

辰五郎は対面に腰を下ろしてから続けた。

「お前さんは、玉里がお前さんに嘘をついて男と一緒になったと疑っていたが、どうもそうではないらしい。契《ちぎ》りを交わしていた半吉という男は実際に箱根の山中で殺されているし、半吉と玉里と同郷の者からもその話を聞いた」

「でも、それなら浜松町で一緒にいた男っていうのは？」

「菊八という美濃の刀鍛冶だ」

「美濃の刀鍛冶？」

「覚えはないか」

「ええ、全く」

喬太郎が首を横に振る。

「菊八は自分の作った刀が盗まれて、それを探しているそうだ」

「どうして、玉里がその男と一緒にいるんでしょう」

喬太郎はますますわからないというように、眉を顰《ひそ》めた。

「それはわからねえが、明日の朝、その男の親戚《しんせき》を訪ねに行こうと思っているんだ。そこに菊八と玉里がいるかもしれない」

「それなら、あっしも付いていっていいですか」

喬太郎は前のめりで言った。

「構わねえが、仕事は？」

「ええ、明日は任せても大丈夫なんで」

「そうか。だが、玉里と会ってもいきなり怒鳴りつけたりするなよ」

辰五郎は注意した。

「わかっています。好きな男と逃げたわけじゃないってわかって、少しほっとしました。半吉の話が嘘じゃないなら、刀を探すのも何かわけがあるんでしょう」

「そうだな」

「親分は、どういうわけで玉里が刀を探していると思いますか」

喬太郎が改まった声できいた。

「たぶん、半吉絡みじゃねえかと思うんだ。とりあえず、明日の五つ（午前八時）に待ち合わせはどうだ」

「はい。じゃあ、こちらまで来ます」

約束をして、喬太郎は帰って行った。


そして、翌日の五つ、喬太郎は紺の単衣《ひとえ》に、荒磯柄《あらいそがら》の光沢のある帯でやって来た。

ふたりはすぐに『日野屋』を出て、真福寺橋《しんぷくじばし》を渡り、すぐに右手に見える白魚橋《しらうおばし》を渡った。それから日本橋に向かって進んだ。

「それにしても、棟梁、随分気合が入っているな」

辰五郎は冗談っぽく言った。

「玉里が似合うって言ってくれたんです」

喬太郎は真面目な顔で答える。

「そうか。でも、お前さんにしては、そういう柄の帯は珍しいな」

「まあ、別れた女房が選んでくれて。あいつはなかなか洒落《しゃれ》ていますから」

　喬太郎が帯に手を遣《や》りながら言った。

「別れたおかみさんのことは思い出したりするか」

　辰五郎が何気なくきいた。

「そうですね。玉里と別れてからは……」

「名前はなんて言ったっけ？」

「お房《ふさ》です」

「お房さんはお前さんとよりを戻したがっているんじゃないのか」

「まさか、あいつから別れたいって言って来たんですよ」

「でも、駆け落ちまでした仲だろう？」

「まあ、そうですね」

「何があったんだ？」

「酒ですよ。よく酔っぱらって、あいつに当たっちまったんです。それが耐えられなかったんでしょう」

「お房さんの為《ため》に酒を止《や》めようとは思わなかったのか」

「思いましたよ。でも、その頃にはもう手遅れでした。いまはそんなに酔っぱらうほど呑みませんがね」

たしかに、喬太郎は以前に比べて呑まなくなった。辰五郎はてっきり、年のせいで呑めなくなったのかと思っていた。

「もし、お房さんがもう一度、よりを戻したいと言ってきたら？」

「……」

喬太郎はしばらく何も答えなかった。

ふたりは日本橋を渡り、しばらく進んでから、本町《ほんちよう》三丁目を右に折れた。そこから道なりに行くと、通油町の『一柳』の前に差し掛かった。

ちょうど、忠次と辰吉が出て来るところだった。

辰五郎は思わず顔を背け、足を速めた。

「親分、どうしたんですか」

喬太郎が不思議そうにきく。

「いや、ちょっと倅がいて。喧嘩しているから」

「だからって、そんなにコソコソすることないじゃありませんか」

「そうなんだが、どうもバツが悪い。お前だって、突然町中でお房さんが出てきたら、隠れたくなるだろう？」

「まあ、その気持ちはわからなくもないですが。でも、親子なんですから、話し合えば何とかなりますよ」

「そうかな」

「ええ、そうですって」

喬太郎は決めつけるように言った。辰五郎は軽く頷く。逃げ隠れしていたら、いつまで経っても仲直りは出来ないだろう。このままでいがみ合ったままだと、凜がかわいそうだ。今度、ちゃんと話してみようと腹を括《くく》った。

緑橋《みどりばし》を渡り、通塩町《とおりしおちょう》を過ぎると、横山町一丁目である。

自身番で菊松一文字を作っている場所を教えてもらい、そこへ行った。自身番の話だと、小さいながらも刀剣を売る店をやっており、その奥が鍛冶場となっているという。

言われた通りに行ってみると、店は丸の中に刀の文字の看板が掲げられていた。店の前に立つと、喬太郎が緊張した面持ちであった。

「大丈夫か」

辰五郎は確かめた。

「ええ」

喬太郎は頷く。

辰五郎が先頭で土間に足を踏み入れた。店の間には誰もいなかった。土間の端の方から奥に続く細い通路があり、そこから鍛冶場で五十代半ばくらいの男が鉄を大槌《おおづち》のような物で叩いているのが見えた。

「すみません」

と、辰五郎が声をかけた。

「はい、すぐに」

その男が大槌を置いて、こっちへやって来た。

「菊松さんですか？」

辰五郎はきいた。

「はい、そうですが」

「大富町の辰五郎という者です」

「っていうと、あの辰五郎親分ですかい」

「ええ」

辰五郎は頷き、

「いきなり何ですが、菊八という男はこちらにいらっしゃいますか」

と、単刀直入にきいた。

「ええ、菊八ならいま奥の鍛冶場にいます」

「ちょっと、呼んできてもらってもよろしいですか」

「構いませんが、どういったご用件で？」

「実は浜松町で……」

喬太郎が話し出そうとしたので、

「探している刀のことで」

と、辰五郎は口を挟んだ。喬太郎が正直に玉里のことを話したら、もしかしたら知らぬ振りをされるかもしれないと思った。

「ちょっと、待っていてください」

菊松は奥へ行き、きりっとした顔の若い男がやって来た。

「あっしが菊八ですが。岡っ引きの親分さんだとお伺いしました。刀のことで何かお話があるそうですね」

菊八は真剣な眼差《まなざ》しできいた。

「そうなんだが、一緒にその刀を探している女がいたな？」

「ああ、あれですか。美濃から一緒に出てきた女なんですが」

「いつ江戸に来たんだ？」

「ひと月前です」

菊八がそう言うと、辰五郎と喬太郎は顔を見合わせた。

「あの女が何か？」

菊八は不思議そうな顔をしている。

「もしかしたら人違いかもしれないんだが、あの女は吉原にいた玉里じゃねえか」

辰五郎はきいた。

「いえ、違いますけど」

「おそめという名前でもないか」

「お里《さと》です」

菊八が嘘をついているように思えない。すると、喬太郎の人違いだったのだろうか。

辰五郎はもう一度、喬太郎に目を遣った。

「その女に会わせてくれないか」

喬太郎は狐《きつね》につままれたような顔をして頼んだ。

「ちょっと待っていてください」

菊八が店の間から、階段を上がった。しばらくして面長の顔で、大きな切れ長の眼《め》に、高い鼻で薄い唇の女が菊八の後に続いて下りてきた。

喬太郎は身を乗り出すように、女を見た。

女はきょとんとしている。

「親分、よく似ていますが、別人です」

「そうか」

「ですが……」

喬太郎はどこか納得できない様子で、

「お前さんに姉妹はいないかい」

と、お里に顔を向けてきいた。

「一人っ子です。でも……」

お里が少し迷ったように言い、

「もしかしたら、生き別れの姉妹がいるかもしれません」

「生き別れの姉妹？」

「はい」

お里が頷いた。

「詳しく聞かせてもらえるか」

辰五郎が口を挟んだ。

「もう両親は亡くなっているんですけど、弔いのときに、親戚のひとから実は私に双子の妹がいると聞かされたんです。家は貧しかったですし、それに双子だと世間体も悪いというので、もうひとりは山寺に捨てたそうなんです。それからの消息は誰も知らないそうで……」

お里が語った。

「では、その妹っていうのが？」

喬太郎が辰五郎を見た。

「そうかもしれねえな」

辰五郎は答えた。

「私もそのことが気になっていたんです。妹は吉原にいるのですか」

お里が食い入るようにきいた。

喬太郎はお里に、身請けしたことや、契りを交わしていた半吉が殺されたこと、そして尼寺に行かせたことなど玉里について知っていること全てを話し、

「玉里は本当に鎌倉の尼寺に行っているのかもしれない」

と、付け加えた。

「それなら、私が確かめて来ます」

お里が張り切って言った。

「なに、お前さんが？」

「ええ、ずっと気になっていましたし、妹も本当の親のことを知りたいはずです。私はこの人と一緒に江戸に出てきたのですが、まだ奉公先も決まっていないですから」

お里がそう言うと、菊八が口を挟んだ。

「でも、お前さんひとりで行こうっていうのか」

「そうよ」

「女のひとり旅はあぶねえ」

「でも、菊八さんは忙しいでしょう」

「だからって……」

菊八が渋った。

「それなら、俺が付いて行こう」

辰五郎が名乗り出た。

「え？　親分が？」

「ああ。今はもうのんびりと商売をしているだけだ。数日なら、店を空けることだってできる」

「親分が付き添って頂けるなら、それに越したことはありませんが、迷惑じゃありませんか」

菊八が心配した。

「迷惑なものか」

辰五郎は笑顔で言った。

「では、親分、お願いします」

菊八が頭を下げると、お里も倣《なら》った。

「棟梁、これでもいいか？」

辰五郎はきいた。

「もちろんで……。玉里に色々と伝えてもらいたいことがありやす」

「ああ、ちゃんと伝えておく」

辰五郎は喬太郎の肩を軽く叩いた。

「お里さん、すぐに江戸を発《た》つのはあれだから、明々後日《しあさって》でもいいかい」

「はい、私は構いません」

「そうか。じゃあ、また迎えに来る」

辰五郎はそう約束して、店を後にした。

外に出て喬太郎の顔を見ると、すっきりしている。だが、申し訳なさそうに辰五郎を見てきた。

「親分、あっしの勘違いでこんな面倒なことに……」

「気にするな。それより、なんか旨《うま》いもんでも食って帰ろう。俺が奢《おご》ってやる」

辰五郎も清々《すがすが》しい気持ちでいた。

「いや、あっしがご馳走《ちそう》します」

空は澄み切って、白い光がふたりを照らしていた。

「そういえば、今日は十五夜だな」

辰五郎はふと辰吉の顔を思い浮かべた。

四

十五夜の次の日の朝、辰吉は実家に行かなかったことが気になっていた。

神田同朋町にある比較的新しくて、間口が広くて、入り口がふたつもある大きな質屋に入った。

「いらっしゃいまし」

三十代半ばくらいの恰幅《かっぷく》の良い番頭風の男が声をかけてきた。手元には鏡があり、布で丁寧に磨いていた。他にも何人か奉公人が忙しそうに働いていた。

店内には、女の道具から武士が使うようなもの、さらには寺で使われるようなものまで、様々なものが所狭しと置かれていた。

「あっしは通油町の忠次親分の手下で辰吉っていう者です。近頃、刀を持ってきた者はいませんでしたか」

他の店と同じようにきいた。

「刀ですか。何本かありますが、どういったものでしょう？」

「虎徹という、刀身が長くて、やや反っているものなんです」

「ああ、虎徹ですか。それなら、蔵に置いてありますよ」

「え？　虎徹を持っている？」

辰吉は思わず大きな声を上げてきき返した。

「はい。探索にご入り用であれば、持ってきましょうか？」

「ええ、お願いします」

辰吉は勢いよく頼んだ。

「少々お待ちを」

番頭は鏡をそっと床に置き、立ち上がって奥に行った。

その間、辰吉が店内を見渡していると、綺麗《きれい》に光る赤い玉簪《たまかんざし》が見えた。おりさが言っていたものではないだろうが、気になって、それを扱っていた二十代後半くらいの奉公人に話しかけた。

「この玉簪は随分高いものなんですか？」

「これはそこまで良い物じゃないですよ。高い物だと何両もしますから。それに、近頃はこういった赤い玉簪が流行《はや》っているのか、うちにも似たようなものがたくさん持ってこられますよ。だから、そんなに良い値はつけていないんですよ」

「なるほど。やっぱり、女は流行《はやり》ものが好きなんですかね」

「そうなんでしょうね。私も女の気持ちはわかりませんが、女房なんかはよく欲しがっていて、しょっちゅう買ってくれって」

奉公人は苦笑いした。

そんなことを話していると、番頭が虎徹を提げて戻ってきた。あの赤と黄色の下げ緒が目に飛び込んできた。

「こちらなんですが」

番頭が差し出した。

「ちょっと失礼しますよ」

辰吉は両手で受け取り、下げ緒を確かめてみた。

先端が千切れていた。

山下の虎徹だと確信した。

「これを持ってきたのはどういう者ですか」

辰吉はきいた。

「私と同じか少し年上くらいの行商人風の男です。何でもある旗本に出入りしているらしく、その殿さまが金に困っているので、代わりに持ってきたと言っていました」

『薩摩屋』に菊八を持ってきた男も同じことを言っていた。もしかして、その行商人が『薩摩屋』にも来たのではないのだろうか。

「その行商人はどこに住んでいるとか言っていませんでしたか」

「入質証文には、本所相生町《ほんじょあいおいちょう》と書いてあります」

番頭は首を横に振った。

「そうですか。この刀は盗まれたものなんです」

辰吉は言った。質に入れるものはよく吟味しなければならない。盗品を質に取った場合には、処罰される。

「え？　盗品のようには思えませんでしたけど」

番頭が驚いたように言う。

「こんな名刀を行商人が持ってくるとは、盗品だとは考えなかったのですか」

「先ほども言いましたように、旗本の殿さまの遣いで持って来たと聞かされていたので、信じてしまいました」

「旗本の名前は？」

辰吉は鋭い目つきできいた。

「お屋敷の名誉にかかわるので、言えないといいまして……」

「この刀をいくらで受け取ったのですか」

「十両です」

「十両？　この刀だったらもっとするはずです。よくよく、吟味すれば、盗品だとわかるんじゃないですか？」

「吟味したんですけど、盗品だとは思いませんでした」

番頭は言い訳をした。

「とにかく、これは預からせていただきます」

辰吉は強い口調で言った。

「はい」

番頭は困った顔をして頷いた。

「もし、泥棒を捕まえたら、この刀代として渡した十両は戻ってくるのでしょうか」

「無理ですね。多分、そいつは金を使っているはずです」

「じゃあ、返ってこないんですね」

番頭が肩を落とした。

「仕方ないでしょう。盗品を受け取ったんですから」

辰吉は叱りつけるように言って、質屋を後にした。


辰吉は次の日の朝、いつものように『一柳』へ顔を出した。

他の三人の手下たちも集まったところで、辰吉は昨日の質屋でのことを報告した。

「その刀どこに置いてあるんだ？」

忠次がきいた。

「いま長屋に置いてあります」

「どうするつもりだ」

「これは山下さまに頼まれたので、届けなきゃいけないんですが、花太郎親分に見せてから考えます」

辰吉は意気込んで答えた。

「そうか」

忠次が頷いた。

それから、厳しい顔をして、「昨日の夕過ぎ、本所で殺しがあったそうだ」と、口を開いた。

「殺しっていいますと？」

辰吉がきいた。

「まだ下手人はわからないが、仕事に出かける前の夜鷹《よたか》がふたり襲われたんだ。いずれも、一刀の下に殺されている」

そう聞いたときに、辰吉の頭に浮かぶものがあった。

「それって……」

辰吉が口を開いたとき、忠次が遮った。

「まだ山下さまと決めつけるのは早い。今回は金目の物は盗《と》られていない。殺されたのは夜鷹だ。まだ仕事の前だったし、金は大して持っていない。辻強盗ではないようだ。まだわからないようだが、おそらく殺しが目的だったのだろうと見て探索を始めたそうだ」

「でも、下手人は侍ですよね？」

「おそらく、そうだろう。だが、浪人なのか、どこかに仕官している武士なのか、もしかしたら、腕に覚えがある町人ということも……」

忠次が慎重に言葉を選んで言っているのがわかった。

辰吉はそれでも山下に疑いの目を向けていたが、何も言い返さずに、

「誰かそのときの様子を見た者はいないんですか」

と、探った。

どうせ、忠次に訴えたところで、この間のように否定されるだけだ。それなら、自分で調べた方がいい。

「下手人かどうかはわからないが、夜四つ（午後十時）頃、橋番屋が両国橋《りょうごくばし》を広小路の方に足早に渡る浪人を見ていたらしい。その時刻にそんな遠くまで行かないはずだから、その浪人は神田か日本橋界隈に住んでいるのだろう。だから、念のためにその浪人を見かけた者がいないか調べるんだ」

と、手下たちを見渡して言った。

「へい」

一同は返事をした。それから、辰吉は忠次と一緒に見廻りに行くために『一柳』を出た。

しばらく聞き込みをしていると、昨日の夜、怪しい者を見たという話が何件かあった。しかし、いずれもその者の特徴はばらばらで、浪人ではなかった。町人だとして、途中で殺しに使った刀を捨てたということも考えられなくはないが、殺しがあった一帯で、刀が見つかったということは聞いておらず、忠次はそれはないと見ているようだ。

しかし、ある商家の番頭が興味深いことを言っていた。

「昨日の夜に柳橋《やなぎばし》の方で、角から出てきた浪人とぶつかったんです。私は人よりも鼻が利くのですが、その浪人が少し血のにおいがしました」

「相手の顔を覚えているか」

忠次がきくと、

「暗くて相手の顔はよく見えなかったのですが、背丈が高くて、がっしりとした体つきでした」

　と、番頭は自分の頭よりも頭一個分高い位置に手をかざし、体もひと回り大きく見せる手振りで説明した。

「時刻はどれくらいだ」

「四つ過ぎだったはずです」

「このことは自身番などには伝えていないのか」

「ええ、そのときにちょっと不審に思っただけで、いま親分に言われるまで忘れていましたから」

　番頭はその浪人が神田川の上流の方に向かって行ったということを語った。

　その番頭の話を聞き終わったあと、

「神田川の上流の方で話をきいてみるぞ」

　忠次が辰吉の目を見て言った。

「へい、でも、やっぱりそうなると……」

　辰吉はそう言って、続く言葉を止めた。

「なんだ？　山下さまと言いたいのか」

　忠次が厳しい口調できく。

「一応、調べておいた方がいいのではないでしょうか」

「たしかに、そうだ。だが、お前は調べなくていい」

「どうしてですか」

辰吉は不満に思ってきいた。

「他の件でも、山下さまがやったと思い込んでいる。冷静に考えられそうにねえ」

「いえ、あっしは何も山下さまが憎くて疑っているわけじゃないんですよ」

「それはわかるが、辰五郎親分と繁蔵親分からもお前のことを止めるように言われた」

「えっ？　繁蔵親分も？」

「そうだ」

「いつ言われたんですか」

「昨日、たまたま赤塚さまの屋敷の近くで会った時だ」

まさか、繁蔵が忠次にあのことを報告するとは思わなかった。

「繁蔵親分は何て？」

辰吉はしつこくきいた。

「半年前に起きた芝と箱崎の殺しは同じ下手人だろうが、山下がやっているのではないと。そのことで、山下を捕まえることはないと思うが念のために忠告しにきたと言っていた」

「花太郎親分のことについては?」

「山下が下手人でない以上、花太郎親分が庇ったとは思えないってくらいだ。俺も繁蔵親分と同じ考えだ」

忠次はひと呼吸おいてから、続けた。

「箱崎で起きた殺しに関しては繁蔵親分が下手人の目星をだいたいつけているようだ。その下手人が半年前の芝金杉の神社でも辻強盗をしたと見ている。だから、山下さまでないと繁蔵親分は考えているのだろう」

「繁蔵親分が目星をつけた下手人は誰なんです?」

「教えてくれなかった」

「何ででしょう?」

「さあ」

忠次は首を横に振った。

「何か訳がありそうですね。それとも、繁蔵親分も山下さまと……」

「そんなことを考えているのか。いま言ったばかしだろう」

「ええ、だって……」

と、辰吉は反論しようとしたとき、不意に小鈴の「少しは周りの言うことに耳を傾けた方がいい」という言葉が蘇《よみがえ》ってきた。

辰吉は半年前の芝と箱崎の殺しは同じ下手人だと見ている。そこに、八月四日の芝の辻強盗も一連の流れだと考えるかどうかだ。忠次、辰五郎、繁蔵、花太郎まで違うということを言っている。今まで数々の手柄を上げてきた親分たちだ。こぞって否定するからには、やはり自分の考えが間違っているのだろうか。もし、山下が下手人だとしても、その証がいまの段階では足りないのだ。

今回の殺しの件は、まだ何も調べていないが、山下ではないかと思った。何でもかんでも山下の仕業だと疑ってかかっているのかもしれない。しかし、本所の夜鷹殺しを調べて、下手人が山下であれば、半年前の芝と箱崎の殺しの関連も出てくるかもしれない。

辰吉はしばらく黙って考えた。

「何を考えているんだ」

と、忠次が顔を覗き込むようにきいた。

「いえ、確かに親分の言うことも一理あるかなと思いまして」

辰吉は、まだ山下が一連の下手人ではないかという考えを消し去っていないが、そう答えた。

ふたりは神田佐久間町の自身番へ寄った。

「忠次親分に、辰吉さん」

家主が見合わせて言った。

「昨日の夜、この辺りを怪しい浪人が通らなかったか？」

「浪人？　いや、見ていないですね」

「そうか」

「何か近くで起きたんですか」

「いや、本所で起きた殺しのことで調べている。下手人かわからないが、怪しい浪人が両国橋を渡ったということと、柳橋で町人に血のにおいをさせた浪人がぶつかっているのがわかっている」

忠次が説明すると、家主の隣にいた書き役の男が、「あの……」と声をかけた。

「なんだ？」

忠次がその男に顔を向けた。

「昨夜、四つ過ぎに野良犬がやけに吠えていたのが聞こえたんです」

書き役が神妙な顔で言った。

「野良犬？」

「はい。異常な吠え方でした。犬は鼻が利くって言いますから、もしかしたら、浪人がその犬とすれ違ったのかもしれないなと思いまして」

「確かにな」

忠次は納得するように頷いて答えた。

「どの辺りから野良犬が吠えていたんです？」

辰吉が口を挟んだ。

「和泉橋の方ですよ」

書き役が答えた。

ふたりは自身番を出て、和泉橋へ向かって歩き出した。ちょうど、和泉橋の袂《たもと》に、『薩摩屋』の旦那の姿が見えた。

「親分、旦那にきいてみましょう」

辰吉は言った。

「そうだな」

忠次が頷く。

「旦那、ちょっとよろしいですか」

辰吉は旦那に声をかけた。

「辰吉に、忠次親分」

旦那が忠次に頭を下げる。それから、辰吉に顔を向けた。

「昨夜、この辺りで犬が吠えていませんでしたか」

辰吉はきいた。

「ああ、吠えていたよ。随分うるさかったな」

「どの辺りで吠えていたんですか」

「私は外に様子を見に行っていないのでわからないが、近くの裏長屋から聞こえてきたんだ」

旦那は説明してから、

「犬がどうかしたのか」

と、不思議そうにきいた。

「ちょっと、調べていることと関係しているかもしれないので」

辰吉はそれだけに留めて、旦那と別れた。

「まだ、色々なひとにきいてみるぞ。二手に分かれようじゃねえか」

忠次が辰吉に言った。

「へい」

忠次は和泉橋から伸びる大通りを挟んで左手の佐久間町一丁目側、辰吉は右手の佐久間町二丁目側を廻ることになった。

二丁目側には山下の住む裏長屋もある。虎徹を見つけたがまだ渡せない。山下と会ったら何と言おうかと思いながらも、そこへ向かった。

長屋木戸をくぐると、井戸端のところで、この間山下のことを探りに来たときに話を聞いた小太りと痩《や》せたおかみさんが立ち話をしていた。

辰吉はふたりに近づいた。

「おや、山下さまを訪ねてきたひとじゃないか」

小太りのおかみさんが声をかけてきた。

「ええ、ちょっとお伺いしたいことがあるんです」

「さっき山下さまは出かけて行ったよ」

「そうですか。山下さまのことじゃないんですが、昨夜この辺りで犬が吠えていませんでしたか」

辰吉は切り出した。

「そうそう、ずっと吠えていたよ。いまもその話をしていたんだ」

おかみさんたちが目を見合わせて苦笑いした。

「私がちょっと外を覗いてみたら、ずっと山下さまの家の前で吠えていたんだよ」

瘦せたおかみさんがあっさりとした口調で言った。

「え？　山下さまの家の前で？」

辰吉は思わず声が大きくなった。

「そうなんだよ。何で山下さまの家で吠えていたのかわからないがね。私が箒《ほうき》で追い払おうとしても、まったく駄目だったんだ。うちの主人も出てきたんだけど、それでもずっと吠え続けていてね。それから、山下さまが出てきて、犬に餌《えさ》をやってようやく静まったんだ」

「ちなみに、昨夜、山下さまはどのくらいに帰って来たのですか」

「そうね、四つは過ぎていたと思うけど」

山下が両国橋と柳橋にいた怪しい浪人ということは考えられる。それも、さっきの自身番の書き役の話のように、野良犬が血のにおいを嗅《か》いで吠えていたのだとしたら、山下が本所で殺してから戻ってきたということもあり得る。

「すみません、お邪魔しました」

と、辰吉はその場を立ち去った。

それから、他の長屋も廻り、野良犬のことについていきいた。

野良犬は和泉橋の方から来て、山下の長屋に行った。しばらく吠えていたが、そのうちに諦《あきら》めてどこかに行ったそうだ。

辰吉が和泉橋に戻ると、忠次が山下と話をしていた。思わず、商家の路地に隠れて、様子を窺った。

忠次と山下は少し言葉を交わすと別れた。

山下は長屋の方に向かって歩いてくる。辰吉は身を潜め、山下が過ぎ去るのを待った。別に山下と会ったとしても何ら問題があるわけではないが、自分が疑ってかかっているためか、気まずかった。

やがて、山下が過ぎ去ると、辰吉は注意深く左右を見渡してから路地を出て、忠次の元に駆け付けた。

「どこから来やがったんだ」

忠次がやや驚いたようにきいた。

「いま親分が山下さまと話しているのが見えたんで、隠れていたんですよ」

「何も隠れることはねえだろう」

「まあ、そうなんですが。で、山下さまと何を話していたんですか」

「野良犬のことだよ。ただ、不思議なことに、山下さまは野良犬が吠えているのは聞こえなかったって言うんだ」

「えっ、それならやっぱり本所の夜鷹殺しは山下さまですよ」

辰吉が口走った。

「静かにしねえか」

忠次が注意した。

「すみません、でも、山下さまが犬の鳴き声を聞いていなかったら、なおのことおかしいんです。というのは、その犬は山下さまの住まいの前で吠えていたそうなんです」

「なに?」

「おかしいでしょう?」

「山下さまと本所の夜鷹殺しに関連はあるかどうかわからないが、聞こえなかったはずはないな。何故《なぜ》嘘をついたのかも気になる」

「さっそく、それを探ってみます」

辰吉は威勢よく言った。

このことに関しては、誰が見ても山下が怪しいと思うだろう。忠次はそれから、他にも怪しい浪人を見た者がいないかを探しに神田川を筋違橋の方に向かって歩き出した。

辰吉は『薩摩屋』へ行った。

暖簾をくぐると、

「いらっしゃい、あっ、辰吉」

「旦那、さきほどは」

辰吉は頭を下げた。

「さっきは野良犬のことなんか聞いて、あれはなんだったんだ」

「昨夜、本所で殺しがあったんです。その下手人かどうかはわからないのですが、両国橋と柳橋で怪しい浪人がいたそうなんです。それで、犬が吠えていたということですから、もしかしたら、何か関係あるのかと思いまして」

「そういうことだったのか」

旦那はそう言いながら、顔が強張《こわば》った。

「どうしたんです？」

辰吉は心配そうにきいた。

「山下さまが本所で殺しをしたなら、その時の刀は菊八じゃないかと思って」

「あっ、確かに」

「虎徹ということも考えられなくはないが」

「いえ、虎徹ではありません」

「どうしてだ」

「山下さまは虎徹を盗まれたんです。だから、山下さまが下手人であったなら、菊八で殺したんです」

辰吉は興奮気味に言った。

「やはり、あの刀は売るべきではなかった。何か不吉な予感がしたんだ。私としたことが……」

旦那は悔やんでいた。

「まだ、下手人が山下さまと決まったわけではありませんが、たとえそうだったとしても旦那のせいではありませんよ」

「……」

旦那は何も答えずに真剣な顔をして俯《うつむ》いた。

辰吉は早く山下をどうにかしなければと、心の中で考えを巡らせていた。

第四章　親子

一

通油町の厩新道《うまやしんみち》に冷たく乾いた風が吹き抜け、柳の葉を揺らしている。昨日からぐっと涼しくなった。中秋も過ぎ、もう晩秋に近づいて行くのを肌で感じつつあった。

辰吉は長屋を出てから、『一柳』に顔を出さずに、芝神明町の花太郎の元に向かった。手には、大きな風呂敷《ふろしき》で包んだ虎徹を携えている。

『花屋』へ来るとまだ暖簾《のれん》がかけられておらず、裏口に回り、「花太郎親分、辰吉でございます」と緊張しながら名前を呼んだ。花太郎のことをあれだけ疑っているから、快く思っていないだろう。

しばらくして、花太郎が姿を見せ、

「辰吉じゃねえか」

と、意外そうな顔をして、ちらっと風呂敷で包んだ虎徹を見た。

「ちょっと、お話が……」

「まあ、上がれ」

辰吉は履き物を脱いで、花太郎の後に付いて行った。奥の部屋に入り、ふたりは向かい合わせに座る。

「親分、これを」

さっそく、辰吉は風呂敷で包んだ虎徹を花太郎の前に置いた。

「……」

花太郎は何なのか見当が付いているのか、きこうともしない。

花太郎が無言で風呂敷を解《ほど》き、虎徹を両手で持ち上げた。そして、目を凝らして鞘《さや》を見て、それから、刀を抜いた。

しばらく目の前にかざしていたが、ゆっくり鞘にしまう。

そして、下げ緒の先端の千切れた部分を触ってから、おもむろに立ち上がり、切れ端を取って戻ってきた。それを合わせると一致した。

もう一度刀を手に取って確かめてから、

「どこで見つけてきたんだ」

花太郎が神妙な顔できいた。

「神田同朋町の質屋です。十両で買い取ったそうなんです」

「これほどの物が……」

花太郎は驚いたように声をあげた。

「ええ、おそらく、質に入れた者は刀に詳しくないんだと思います。質屋の方は盗品と知っていたかどうかはわからないですが、安く手に入れようとしたのでしょう」

辰吉はそう決めて、

「それはともかく、この虎徹は山下さまの物だと思うんですが」

と、花太郎の顔をまじまじと見た。

花太郎は腕を組み、難しい顔をする。

花太郎が不快になると思ったが、

「そうだ」

と、小さく頷《うなず》いた。

「え？　いま何と？」

辰吉は目を大きく見開いて、きいた。

「この虎徹は山下さまのものだ。俺《おれ》もお前に言われてから、半年前の殺しと八月四日の辻《つじ》強盗を再び調べてみた。半年前のは山下さまかどうか手がかりもつかめないが、四日の方については、他の浪人も調べてみたけど、皆、疑わしいことはない。山下さまだけが俺の家を離れてから、『高田家』に行くまで、どこで何をしていたのかわからなかった。だが、この虎徹を見れば……」

と、語った。

「じゃあ、親分も四日の辻強盗については山下さまの仕業だとお思いですか」

「うむ……」

花太郎は唸《うな》った。

「親分もそう疑っているんですね？　山下さまには話をきかなかったんですか」

「今日の夕方にでも行こうと思っている」

花太郎は答える。

「それなら、付いて行ってもいいですか。あっしもききたいことがあるんです」

辰吉は身を乗り出した。

「お前に来てもらったほうがいいかもしれねえな」

花太郎はしっかりと辰吉の目を見て頷いた。その瞬間、今まで花太郎が山下を庇《かば》っていたのではないかと疑っていたことが、間違いだったたと思った。

花太郎がもう一度、虎徹に目を遣《や》った。

「親分、色々とすみません」

辰吉は頭を下げた。

「何がだ？」

花太郎がきき返す。

「山下さまを庇っていると勝手に思い込んで……」

「別になんとも思ってはいねえ。だが、次から人に疑いを向けるときには、ちゃんと気を付けるんだな」

花太郎があっさりとした口調で注意した。

「はい、本当にすみません」

辰吉はまた頭を下げて謝った。

「ただ、そのことで辰五郎と揉《も》めたらしいじゃねえか」

「ええ……」

辰吉は小さな声で頷いた。

「辰五郎はお前にひどいことを言ったって、随分と気にしていたぞ」

「親父《おやじ》がそんなことを？」

「何を言ったのかまでは詳しく聞いていねえが、お前の方は辰五郎をどう思っているんだ」

花太郎がきいた。

「親父が俺よりも親分の言い分を信用したことに腹を立てていました」

辰吉は正直に答えた。

「でも、あっしが間違えていたことがわかりました」

「まあ、辰五郎とちゃんと話してくれ。俺からのお願いだ」

色々なひとたちに心配をかけている。それだけでなく、辰吉自身もこのまま父親とずっと仲違《なかたが》いを続けたいわけではない。

「わかりました」

辰吉は頷いた。

「山下さまのところは、夕方でもいいか」

花太郎が確かめる。

「もちろんでございます」

「じゃあ、暮れ六つ（午後六時）くらいに和泉橋で待ち合わせよう」

そう約束して、辰吉は『花屋』を後にした。

夕方になると一層涼しくなった。神田川沿いの楓《かえで》の葉に、わずかに紅色がかかる。

辰吉が八月四日の辻強盗に思いを馳《は》せながら、和泉橋で待っていると、暮れ六つの鐘が鳴るのと同時に、花太郎が現れた。手には、風呂敷に包まれた虎徹がある。

「親分、ちょうどですね」

辰吉が笑顔で言った。

「ああ、山下さまに話をきくときは、全《すべ》て俺に任せてくれねえか」

「ええ、もちろんです」

辰吉は頷いた。

それから、和泉橋から真《ま》っ直《す》ぐに伸びる道を少し進み、右に折れて、この間『薩摩屋』の旦那《だんな》と一緒に行った湯屋《ゆや》の裏長屋に入った。

長屋木戸をくぐると、井戸の近くに野良犬がいて、誰《だれ》かが与えたのであろう餌《えさ》に喰《く》らいついていた。

ふたりは山下の家の前に立った。腰高障子《こしだかしょうじ》の向こう側に気配がする。

「山下さま、芝の花太郎でございます」

と、花太郎が声をかけた。

「親分？」

山下は不思議そうな声を出して、すぐに腰高障子を開けた。

花太郎の数歩後ろに立っている辰吉にも気づいたようだ。

「お前まで。一体、何だ？」

山下が訝《いぶか》しそうにふたりを見た。

「こいつが虎徹を見つけてきたんです」

花太郎がそう言い、

「でも、山下さまにお渡しする前におききしたいことがあるんです。中に入っても？」

と、真剣な眼差《まなざ》しできいた。

山下は少し考えてから、

「いや、近くの神社に行こう」

と、言ってきた。

「ここでは何か不都合なことでも？」

花太郎がすかさずきいた。

「そうじゃないが、神社の方が落ち着いて話せる。すぐに支度する」

山下は一度部屋に戻り、腰に菊八の刀を差してから出てきた。

「すぐ近くですか」

花太郎がきく。

「そうだ」

何を考えているかわからない表情で山下は答える。

山下と花太郎は並んで歩いたが、辰吉は数歩下がって付いて行った。時折、山下が後ろを気にして睨《にら》むように見てきた。

すぐ近くだと言う割には、少し離れている神田鍋町《なべちょう》の人気のなく、侘《わび》しい古びた神社に連れて行かれた。どことなく、辻強盗があった芝の神社と似ている。

辰吉は山下が何か危険なことを企んでいるのではないかと思った。花太郎もそれくらい読めているだろう。だが、気づかぬそぶりをしている。

黒ずんでいる鳥居をくぐり、境内《けいだい》の端の方に山下は寄った。

「ここなら、落ち着いて話を出来る」

山下が低い声で言い、

「とりあえず、虎徹を寄越してくれ」

と、手を伸ばした。

「その前に、確かめておきたいことがあるんです。それからでないと渡せません」

花太郎がびしっと言った。

「山下さまは芝神明の『高田家』という女郎屋で虎徹を盗まれたんですよね？」

「そうだ」

「でも、奉行所に届けは出していなかったのですか」

「ああ」

山下は表情を変えずに頷く。

「どうしてですか」

花太郎はたたみかけるようにきいた。

「本当にそこで盗まれたかわからなかったからだ」

山下の語尾がやや荒くなった。

「でも、辰吉に頼むときには、たしかに『高田家』でなくしたと言っているんですよね？」

「そんなこと、何が関係あるのだ」

山下は問いには答えず、不機嫌そうに言った。

「『高田家』の若い衆も三木助という男が盗《と》ったものだと言っています。だから、そこでなくしたのは間違いないでしょう。それなのに、届けを出さなかったのは調べられると困ることがあったんじゃないですか」

花太郎が鋭い目で山下を見た。

「訳などない」

山下はすぐさま否定して、

「ともかく、虎徹を返すんだ」

と、花太郎の手から奪おうとした。

花太郎はすぐに虎徹を遠ざけた。

「山下さま、八月四日、私と碁《ご》を打ったあと、『高田家』へ行くまでの間、どこで何をしていたのですか」

花太郎がきいた。

「そんなこと覚えていない。ぶらぶらしていたのだろう」

「では、元々『高田家』に行くことを決めていたのですか」

「違う」

「それならば、ぶらぶらしているのもおかしいじゃないですか。他の岡場所に行ってもいいはずです。それなのに、芝に残っていたとなれば……」

「親分、何か勘違いしているな」

「山下さまが芝に現れた翌日、その刀を買っていますね」

花太郎は腰の刀を指した。

「二十両だと聞きました。一方、芝で起きた辻強盗では二十五両を盗まれました」

「それがどうした？」

山下は惚《とぼ》けた。

「山下さまが関《かか》わっているのではないかと思いまして」

花太郎は説明した。

「わしではない」

山下は語尾を強めて否定する。

「では、刀の二十両はどこで手に入れたのですか」

「親分には関係ないことだ」

「岡《おか》っ引《ぴ》きとしてきいているんです。答えてください」

花太郎は問い詰めた。辰吉はそんな様子をほれぼれして見ていた。花太郎が山下を庇っていたとは、どの口が言ったのだろうと、辰吉は恥ずかしい思いがした。

「わしを疑うのか」

「いえ、ですから、二十両の入手先を教えてください」

「藩に仕えていた時からの知り合いからだ」

「山下さまは以前、上屋敷の者たちとは関わっていないと仰《おつしや》っていましたけど」

「親分に言っていないが、ひとりだけいるんだ」

「その方は？」

「相手に迷惑がかかるから、教えられん。もう用があるから帰る」

山下はその場を離れようとした。

「ちょっと、お待ちください」

辰吉は慌てて呼び止めた。

山下は足を止めて、辰吉を睨みつけた。

「もうひとつだけ、一昨日《おととい》の夜のことを聞かせてください。本所の方に行きませんでしたか」

「行っていない」

「失礼ですけど、刀身を見せてもらえませんか」

「無礼者！」

山下は大声を張り上げ、

「それより、虎徹を返せ」

と、迫った。

「証拠品として、私が預かっておきます」

花太郎が言うと、山下は憤然と立ち去った。

山下の姿が見えなくなると、

「今のはどういうことだ？」

花太郎が驚いたようにきいた。

「実は一昨日の夜、本所で殺しがあったんです。夜鷹《よたか》がふたり、刀で斬《き》られて殺されました。それも山下さまがやっているんじゃないかと疑っているんです」

「何か証《あかし》があるのか」

「両国橋と柳橋で怪しい浪人が目撃されているんです。また、山下さまの住んでいる長屋の前で、野良犬がしきりに吠《ほ》えていたそうなんです。野良犬が血のにおいを嗅《か》ぎつけたのだと思っています。そのことを山下さまに確かめると、野良犬の鳴き声なんか聞いていないって惚けるんです。おかしくありませんか？」

「たしかに怪しい。その件に関してはもっと調べなければならねえが、八月四日の辻強盗は山下さまで間違いない」

花太郎は断言して、

「それにしても、あんな山下さまを見るのは初めてだ。気性は荒いが、根は素直な方なのに……。いくら刀が欲しいからと言って、辻強盗を犯すようなお方ではない。何かあって変わってしまったのだろうか」

と、独り言のように呟《つぶや》いた。

「何かって？」

辰吉はきいた。

「さあ、それが何なのか……」

花太郎は首を傾《かし》げて、考え出した。

辰吉はもしや、と思ったが、それを口に出さないでおいた。

それから、ふたりは別れた。


辰吉はその足で実家の大富町の『日野屋』へ行った。暖簾の隙間《すきま》から中を覗《のぞ》くと、客はおらず、番頭が立ち上がり、薬棚の引き出しのひとつに何かを加えていた。

辰五郎の姿は見当たらない。

辰吉は暖簾をくぐり土間に入った。

番頭が振り向き、

「あっ、辰吉さん」

と、手を止める。

「親父は？」

「今朝、鎌倉に出かけました」

「え？　鎌倉？」

辰吉は意外な答えにきき返した。

「何でも、尼寺に用があるということで」

番頭は答えた。

「凜はいるかい」

「ええ、もう少ししたら出かけると仰っていましたが」

辰吉は履き物を脱いで上がり、廊下を奥に進み、居間のすぐ隣にある凜の部屋に向かった。

部屋の前に立つと、ちょうど襖《ふすま》が開いた。

「兄さん」

凜はびっくりしたように声をあげた。

「親父は鎌倉へ出かけたそうだな」

「そう、棟梁《とうりょう》が身請《みう》けした女のことで」

「玉里って言ったっけ」

「うん」

「玉里は江戸で若い男と一緒にいたのを棟梁が見たんじゃないのか」

「実はそれが玉里の生き別れの姉だったみたいなの。玉里はたぶん棟梁に告げた通り、鎌倉の尼寺にいるはずだからって、その姉と一緒に鎌倉の尼寺に」

「そういうことか。それにしても、そんな偶然もあるんだな」

辰吉は世の中は広いようで狭いと思った。

「で、兄さんはお父《とっ》つあんと仲直りに来たんでしょう」

凜が少し微笑《ほほえ》んで言う。

「仲直りっていうか。様子が気になって」

「ありがとう」

「別にお前に礼を言われる筋合いはねえよ」

「そうそう、留守の間に兄さんが来たら、渡してくれって預かっているものがあるの」

「預かっているもの？」

「ちょっと待っていて」

凛は自分の部屋に入り、手文庫から三つ折りにされた文《ふみ》を持ってきて、

「はい、これよ」

と、差し出した。

「何が書いてあるんだ」

辰吉は受け取りながらきいた。

「読んでいないわよ」

凛が答える。辰吉はその文を開いた。

真ん中の方に小さな文字で、「すまなかった」とだけ書いてあった。

「これだけか」

辰吉は裏面を確かめた。しかし、何も書いていない。

「そうよ。なんて書いてあったの?」

凛がのぞき込み、「ふふ」と小さく笑った。

「お父つあんらしいわね」

「これじゃ、何のことで謝っているのかわからない」

辰吉はわざと口を尖《とが》らせて言い、文を畳んで懐《ふところ》にしまった。

「まあ、ちゃんと謝ったからいいじゃない。兄さんも、お父つあんにお詫《わ》びしてね」

凜が真っ直ぐな目を向けてきた。

「ああ、いつ帰ってくるんだ」

「数日かかると言っていたけど。女の人も一緒だから」

「そうか。じゃあ、また顔を見せる」

辰吉は凜に別れを告げて、勝手口から家を出た。

二

辰五郎は明け六つ（午前六時）に横山町までお里を迎えに行き、昼には川崎宿《かわさき》までやって来た。ここは東海道を行く旅人にとっては休憩の地として、また江戸に向かう者にとっては、六郷《ろくごう》の渡しをひかえた最後の宿泊地として、さらには川崎大師の門前町としても栄えていた。旅籠《はたご》や茶屋なども軒を連ねている。

辰五郎は以前、川崎に来たときにも食べたことがある名物の奈良《なら》茶飯という栗《くり》や小豆《あずき》の入ったおこわを食べ、少し休憩してからまた歩き出した。

女の足だからそんなに速く歩けないだろうと思っていたが、天候にも恵まれ、暮れ六つ前には戸塚《とつか》宿にたどり着いた。

辰五郎は道中に、お里の身の上話を聞いた。

美濃の大垣《おおがき》で生まれ育ったお里は、父親を十年ほど前、母親もそれを追うように翌年に病気で失《な》くしている。どちらも風邪《かぜ》をこじらせたものだったが、貧しさゆえに薬代が払えずに命を落としたと、今でも悔しくなると言っていた。両親が他界してから親戚《しんせき》の家にお世話になっていたが、その家の子どもたちにいじめられて、十三の時に家老屋敷で女中奉公をするようになり、家を出た。しかし、その家老が乱心して家来を何人か殺してしまい、家老の御家《おいえ》が取り潰《つぶ》しになった。その後は料理茶屋の女中をしてきた。

お里が刀鍛冶《かたなかじ》の菊八と出会ったのは一年前のことだった。菊八の寡黙で誠実なところに惚《ほ》れて、付き合うようになった。そのうち、夫婦になる約束をしたが、菊八はまだ刀鍛冶として父親に認めてもらえるようになるまでは、独り身でいると言っていた。菊八の刀鍛冶としての腕前は他を圧倒するものであるらしいが、なぜか父親の菊貞は認めなかったらしい。それどころか、自信作を父に見せたときには、邪念の入った刀を作るように教えたことはないと激怒して、勘当されたそうだ。

そこまで聞いたところで、戸塚宿に着いた。

戸塚から鎌倉まではあと三里（約十二キロ）弱ほどである。この調子であれば、今日は戸塚に泊まり、明日の朝早くに出発しても十分だった。

「お里さん、この辺りで宿を探そうじゃねえか」

辰五郎が誘った。

「はい」

お里はさすがに疲れた様子で頷いた。

色々なところで宿屋の呼び込みをしている。

「そこのおふたりさん、泊まって行ってくださいよ」

と、話しかけられ、断ったら、その呼び込みは、すぐにまた別の旅人に陽気に話しかける。

辰五郎は自分ひとりだったらどこでも構わないが、お里もいることだから、出来るだけ綺麗《きれい》なところを選びたかった。

しばらく選《よ》りすぐっていると、少し外れたところに大きな店構えの新しそうな宿屋が目に付いた。

「あそこはどうだい？」

「ええ、結構でございますね」

お里も認め、そこの暖簾をくぐった。

土間に入ると、すぐに愛想の良い四十くらいの男が客を迎えるように構えており、

「いらっしゃいまし。おふたりさんでございますね」

と、笑顔を向けた。

「そうなんだが、部屋は別々に取りたいんだ。空いているかい」

「ええ、ちょうどお二部屋残っているんです」

「そうか、ならよかった」

「お食事はご一緒になさいますか?」

「そうだな。俺の泊まる部屋に持ってきてくれ」

辰五郎は番頭にそう伝え、

「それでいいかい?」

と、お里を見た。

「はい」

お里は頷いた。

「すぐに案内をさせますから。宿帳にお名前を書いてお待ちください」

番頭が奥へ行った。

その間に、辰五郎とお里は記帳した。

すぐに番頭は二十歳《はたち》そこそこの女中を連れて戻ってきた。

「では、女の方はこの者に付いて行ってください。旦那《だんな》のお部屋には私が……」

そう言って、ふたりは別々の部屋に案内された。

辰五郎はそれから、莨《たばこ》を吸いつつ辰吉のことを考えながらゆったりと過ごした。食事の時になって、お里がやってきた。

「田舎《いなか》料理で大したものは出せませんが……」

と、女中が運んできた膳《ぜん》には、豆腐の料理がいくつかあった。そのうちのひとつは、うどん豆腐という、豆腐をうどんのように細く切った戸塚宿の名物だそうだ。

辰五郎は食事をしながら、道中での話の続きをした。

「どういうわけで江戸に出てきたんだ」

辰五郎はきいた。

「盗まれた刀を探すためです」

「盗まれた刀？」

「はい。さっき言った勘当される羽目になった刀です。通りがかりの浪人が鍛冶場を覗いていたんですが、その浪人が引き上げたあと刀がなくなっていたんです。その浪人は中肉中背で、眉《まゆ》が弧を描いていて、小さな目の丸顔でした」

「でも、その刀は菊貞さんがこき下ろしたものなんだろう？　どうして、そんなものを菊八は探しているんだ」

「本人は相当気に入っているのか、どうしても取り戻したいと言っていました。これ以上の出来栄えの刀はもう作れないかもしれないと言っているんです。なんでそんなに貶《けな》すのかわからないと不満そうです。それで、江戸に出てきたんです」

「菊八は何がいけなかったのか知りたいのかもしれねえな」

辰五郎は酒を呑《の》みながら呟いた。猪口《ちょこ》が空になると、お里が徳利《とっくり》を傾けて注《つ》ごうとしたが、

「自分でやるから気にしないでくれ」

お里に言って、自分で注いだ。

辰五郎は口を酒の方に近づけて、吸うように呑んでから、

「それより、どうして菊八の刀が江戸にあるとわかったんだ」

と、きいた。

「盗んだ浪人が江戸の者だと言っていたんです。それに、江戸に出てくる途中で立ち寄った箱根の寺の住職から、半年前に起こった殺しのことを教えてもらいました。その下手人と思われる男が菊八さんの刀を盗んだ浪人に似ていたんです。それより、浪

人が使った刀が、朝陽《あさひ》を浴びて八方に光を放っていたと聞いて、菊八さんは、もしや自分の刀ではないかと思ったんです。その下手人も江戸に向かったとされているのです」

お里がそう言ったとき、箱根の山中で殺されたという半吉のことが脳裏をかすめた。

辰五郎は箸《はし》を止め、どこか一点を見つめて考えていた。

「親分、どうされましたか」

お里が顔をのぞき込むようにしてきいた。

「その殺された男のことを知っている。玉里が年季明けに一緒になる約束をしていた男だ」

「え？　そうなんですか」

半吉を斬った刀はどうやら菊八の作った物のようだ。

姉お里の恋人の作った刀で、妹玉里と契《ちぎ》りを交わした男が殺されたのだとしたら、こんな悲惨な定めはないと胸が痛んだ。

「お前さんは父親の菊貞と会ったことあるのか」

辰五郎が改めてきいた。

「はい、菊八さんに似て、口数の少ない方ですが、とても優しくしてくれます」

「では、菊貞が作った刀で殿さまが乱心になって、それ以来、刀を作らなくなったということを聞いたんだが本当か」

「殿さまじゃありません。私が仕えていたご家老さまが菊貞の刀で家来を斬ってしまったんです」

「さっき、お前が言っていたな」

「はい」

お里が呟いた。

辰五郎は、菊貞は菊八の刀にある狂気を心配していたのではないか。そこに、菊八はまだ気づいていないのだろう。帰ってから、話してみようと思った。

翌日、明け六つに戸塚宿を出発して、昼頃には鎌倉に着いた。鎌倉は高徳院《こうとくいん》の大仏や、坂東三十三観音霊場《ばんどうさんじゅうさんかんのんれいじょう》として有名な杉本寺《すぎもとでら》などがあり、多くの遊山客で賑《にぎ》わっていた。

辰五郎とお里は、英泉寺《えいせんじ》へ向かった。

街道から外れて、雑木林を抜けたさきに、英泉寺の山門が見えた。そこから白い頭《ず》巾《きん》を被《かぶ》った中年の比丘尼《びくに》が出てきて、こっちをじっと見ている。辰五郎とお里は比丘尼に近づいた。

「江戸から来た辰五郎というものですが……」

辰五郎は簡単に事情を説明して、

「おそめという女ですが、こちらに来てはいませんか」

と、きいた。

「はい」

と、比丘尼は答えてからお里を見て、目を見張った。

「こちらのお方は？」

「おそめの生き別れた双子の姉です」

お里が答える。

「双子……。どうぞ、こちらへ」

比丘尼はふたりを案内した。両脇《りょうわき》に竹が繁《しげ》っている道を通り、本堂の脇を抜けて、庵《いおり》の方に案内された。

庵に上がると、

「ここで待っていてください」

比丘尼は離れて行った。

しばらくして、廊下から足音が聞こえてきた。お里が腰を上げた。襖が開いて、白い頭巾を被った若い比丘尼が現れた。

比丘尼は立ちすくんだように、お里を見つめている。

「おそめ！」

お里が胸の底からあふれるような声で呼びかけた。

「本当に姉さんなの？」

玉里は混乱したようにきいた。

「そうよ。こうして会えるなんて夢みたい」

「私にお姉さんがいたなんて……」

玉里は呟いた。

「私たちの親は貧しくて、それに双子は世間体が悪いということであなたを捨てたみたいなの。でも色々と縁があって……」

と、お里は生まれてから今に至るまでの経緯《いきさつ》を事細かに語った。

玉里は全て聞き終わると、

「私も育ててもらった親から、実は捨て子だったと聞かされています。でも、まさか姉さんがいるなんて……」

涙を浮かべた。

お里も目が潤んでいた。

辰五郎はふたりきりにさせてあげようと思い、その場を離れて、本堂に行った。辰五郎は家族の安泰を願って手を合わせてから、庵に戻った。

ふたりは向き合って、楽しそうに話していた。

「辰五郎親分、喬太郎さんや、私の姉の為《ため》に色々と働いてくださり、何とお礼を言ったら良いのやら……」

玉里が振り向いて言った。

「お前さんも半吉のことで、辛《つら》い思いをしただろうが、この先もずっとここで暮らすつもりか」

辰五郎がきいた。

「はい、私は菩提《ぼだい》を弔い続けるつもりです」

辰五郎は箱根の山中で、お里と夫婦約束した菊八の刀で半吉が殺されたことは言わないでおいた。

「喬太郎もお前さんのことを気に掛けていた」

「喬太郎さんには、私の我儘《わがまま》を聞いてくださって、本当に感謝していますと伝えておいてください」

玉里が深々と頭を下げた。

生き別れた姉妹が喬太郎の見間違いによって会うことが出来た。喬太郎がそのことを辰五郎に伝えていなかったら、会うことはなかったのだろうか。

「今日は泊まって、明日江戸に帰ればどうですか」

玉里が勧めてきた。

「いえ、辰五郎親分と帰ります。また、菊八さんと一緒に来ます。その時に色々お話しましょう」

お里が名残惜しそうに言った。

辰五郎はお里と一緒に江戸への帰途についた。

三

山下を問い詰めてから数日が経《た》った。その間に、辰吉は独自で山下の動きを調べてみた。

まず、本所で殺しがあった日、山下は昼間にこの間連れて行かれた鍋町の神社の境内で刀を抜き、素振りをしていたという。近所の剣術の師範をしている男がその姿を見ていた。その日だけでなく、前日にもそこで素振りをしていたそうだ。師範によれば、自分も新しい刀を買ったときには、風を斬ったりしてみたくなるものだと話しており、よほどその刀が気に入っているのだろうと見ていたそうだ。

また、師範は山下に話しかけ、菊八の刀を見せてもらった。その刀が八方に光を放っていたと言っていた。

師範は菊八を手に持つと、なぜかわからないが、全身の血がわき立ってきたという。

「その刀で人を斬ってみたいと思いましたか」

辰吉は師範に大胆なことをきいた。

「そのような気持ちにならなくはない」

師範は笑って答えた。

また神田佐久間町界隈《かいわい》を売り歩く行商人からも山下のことを聞いてみた。

「ここのところ、山下さまの目つきが不気味だった」

と、皆口を揃《そろ》えて言う。

「何が不気味だったんですか」

辰吉がきくと、ある者は「何か獲物を見つけるような目で、狙《ねら》いを定めるかのように見ていた」と答えたのだった。

山下は刀を手に入れた時から、試してみたいとうずうずしていたのではないだろうか。そして、ついに素振りだけでは我慢できずに本所で殺しに及んだのでは……。

辰吉は自分の思い付きを忠次に報《しら》せた。

忠次はそのことを踏まえ、

「本所の親分のところへ伝えてこい」

と、言った。

そして、いま本所の岡っ引きの勝平《かっぺい》の家まで来た。

本所を縄張りとしていた太之助《たのすけ》が不祥事を起こしてから、しばらくこの地域は繁蔵が見ていた。半月ほど前に、以前は繁蔵の手下で、しばらく捕り物をしていなかった勝平が本所で岡っ引きをすることになった。

辰吉は一度も勝平と会ったことがない。忠次から勝平の住まいを聞いて、石原橋《いしわらばし》の袂《たもと》にある呑み屋に入った。

「いらっしゃいまし」

三十くらいの女房が出迎えた。

「通油町の忠次親分の手下で辰吉といいます。勝平親分はいらっしゃいますか」

辰吉はきいた。

「四半刻《しはんとき》（約三十分）前に出掛けました。箱崎の繁蔵親分のところへ行くと言っていましたけど」

女房は丁寧に教えてくれた。

辰吉は礼を言い、箱崎へ向かった。

繁蔵の家に入ると、手下の圭太が出迎えた。

「いま勝平親分が来ているか」

辰吉がきくと、圭太は頷いた。

「ちょっと上がるぜ」

「ええ、奥の部屋にいます。こちらです」

辰吉は圭太に案内された。部屋に入ると、繁蔵と勝平がいる。勝平は力士のような大柄だが、垂れ目で大人しそうな顔をしている。

「辰吉、どうしたんだ」

繁蔵が声をかけてから、すぐに勝平が口を開く。

「あの辰五郎親分の？」

勝平は無愛想にきいた。

「そうだ、お前は初めて会うのか」

「ええ」

「おい、辰吉、こいつが勝平だ」

繁蔵が紹介した。

「辰吉です。よろしくお願いします」

辰吉は丁寧に頭を下げた。

「うむ」

勝平は辰吉を大して見ずに短く返事をした。

「親分、あっしはそろそろ。まあ、この間の夜鷹殺しが三か月前の箱崎での殺しと違うってことはわかりました」

勝平がそう言って、立ち上がろうとした。

「待って下さい。夜鷹殺しの下手人なら、目星がついています」

「誰だ？」

繁蔵と勝平が声を揃えてきく。勝平は座り直した。

「山下左衛門です」

辰吉はふたりを見比べて言った。

「まだ拘《こだわ》っているのか」

繁蔵が呆《あき》れたように辰吉を見たが、

「ちゃんと調べました。間違いありません」

辰吉は真剣な眼差《まなざ》しで訴えた。

「おい、山下左衛門っていうのは誰なんだ」

勝平がきいた。

「神田佐久間町の浪人です。他の件で疑っていまして、それで調べていたんですけど、本所の殺しもそうです。というのも、殺しのあとの四つ（午後十時）くらいに、両国橋と柳橋で怪しい浪人が見られていますよね。山下もその刻限に長屋に帰っています。さらに、山下の家の前で野良犬がずっと吠えていたんです。おそらく、血のにおいを嗅ぎつけたのでしょう」

辰吉は語った。繁蔵も勝平も黙って聞いていた。

「山下はどんな容姿なんだ」

話を終えてから、勝平が膝《ひざ》を乗り出した。

「大柄で、向こう傷があります」

「じゃあ、あの男が見ていたのは……」

勝平が手を顎《あご》にやって呟いた。

「あの男？」

辰吉は勝平を覗き込むようにして訊《たず》ねた。

「夜鷹殺しがある前に、本所で職人の男が浪人に襲われかけたんだ。その浪人というのが大柄で向こう傷があったらしい。浪人がその男に逃げられたので、夜鷹ふたりを殺すことになったのだろうと、俺は見ている」

勝平は答えた。

「きっと、そうですよ。それが山下なんです。山下は菊八と銘の入った刀を買ったんです。その刀の試し斬りをしたかったのかもしれません。それで、住まいから少し遠い本所まで足を運んで、殺しに及んだのでしょう」

辰吉は勝平の話に乗り、さらに自分の考えを述べた。

「そうかもしれねえな。ね、親分、どうでしょう？」

勝平が頷いてから、繁蔵に顔を向けた。

「山下は怪しい。限りなく黒だ。だが、三か月前の箱崎での殺しは何の関係もねえぞ」

繁蔵は辰吉と勝平を交互に見て言った。

「そうですね」

勝平は頷いた。

「あっしも三か月前の件に関しては、山下の仕業じゃないとわかりました。でも、骨まで真っ二つになった斬り口が似ているっていうのがどうも気になります。菊八の前の持ち主が箱崎の殺しに関わっていると思いませんか」

辰吉は繁蔵に訴えた。

「菊八の前の持ち主はわかっているのか」

「いえ、ただ菊八を売りに来たのは本所相生町の三木助と名乗る二十七、八の男のようです。もちろん、住まいも名前も偽っているかもしれませんが、ある旗本の屋敷に出入りする行商人で、旗本の代わりに刀を売りに来たと嘘《うそ》をついて、盗品の刀を売りさばく手口の男です」

辰吉がそう説明した時、繁蔵の目の奥が鋭く光った。

「親分、何か？」

辰吉は繁蔵にきいた。

「いや、何でもねえ。ともかく、山下のことはすぐに何とかした方がいい」

繁蔵が咳払《せきばら》いをしてから言った。

「じゃあ、これから山下の家に行ってきます」

勝平が勢い良く立ち上がり、

「辰吉、案内しろ」

と、命じた。

「へい」

辰吉も腰を上げ、繁蔵に頭を下げてから部屋を後にした。

廊下に出てから、

「最初に襲われそうになった男を連れて行って、確かめさせた方がいいんじゃありませんか」

と、勝平にきいた。

「いや、そんな手間のかかることはしねえ。山下を問い詰めて下手人かどうかをはっきりさせる」

「でも、それじゃ……」

「いいから、俺のやり方に従え」

勝平が押さえつけるように言った。顔に似合わず、厳しい言葉遣いだった。

「わかりました」

辰吉は横柄な言い方に違和感を覚えたが、言い返さなかった。

繁蔵の家を出ると、神田佐久間町に向かって歩き出した。ふたりは箱崎橋を渡り小《こ》網町《あみちょう》のかつお河岸《がし》を歩いて北に進んだ。

「勝平親分、山下に会ったらどのように話を進めて行くんですか？　今まで、花太郎親分や忠次親分が話をきいてもすっとぼけるだけで、いくらなんと言おうとも、本人は認めないんですけど」

「無理やり口を割らせるまでだ」

「でも、相手は侍ですよ」

「そんなの関係ねえ。岡っ引きをなめると只《ただ》じゃおかねえってことを見せつけてやる」

勝平は強い口調で言った。

「無礼打ちとかいちゃもんを付けて、襲い掛かってくるかもしれませんよ」

「そんじょそこらの侍なんか、素手でも勝てる」

「山下はなかなかの腕前だそうです。同心の旦那に行ってもらった方がいいんじゃないですか」

「俺をみくびるんじゃねえ」

勝平がむきになって言った。

「すみません」

辰吉は軽く頭を下げて謝った。勝平を見ていると、繁蔵と重なるところがある。繁蔵の手下として働いていた男だから、そうなるのもわかるが、この先々面倒な男になるだろうと感じた。

日本橋、神田の町々を抜けて、和泉橋を渡り、少し先の路地を右に曲がって、山下の住む長屋に辿《たど》り着いた。

ちょうど、九つ（昼十二時）の鐘が聞こえてきた。

辺りは静かだった。遠くの方から物売りの声が聞こえて来るだけだった。

辰吉は山下の家の腰高障子を覗いた。

すると、中には誰もいない。

辰吉は勝平を振り向き、首を横に振った。

「山下はどこに行ったんだ」

「色々と用心棒をしているので、そこかもしれません。あるいは、近ごろ、鍋町の神社で素振りをしているそうなんです」

「じゃあ、そこに行ってみよう」

勝平が言った。

「へい」

辰吉は長屋を出て、勝平を神社に案内した。

黒ずんでいる古い鳥居をくぐり、少し進むと、境内の端の方に片肌を脱いで刀を振っている山下の姿が見えた。

「あれです」

辰吉は指で示して教えた。

勝平は辰吉を押しのけて、山下に近づいて行った。

辰吉も付いて行った。

「山下さまですね」

勝平が声をかけた。すると、山下が刀を止めて、振り返った。

「お前は？」

山下が勝平にきき、すぐに辰吉に気が付いたらしく、目つきが鋭くなった。

「本所の岡っ引きの勝平です。本所で殺しがあったことは知っていますよね？」

勝平はいきなりきいた。

「……」

「山下さま、下手人に心当たりはありませんか」

「わしにあるはずないだろう」

「その日、山下さまは本所には？」

「行っていない」

「妙ですね。山下さまを見かけた者がいるんですけど」

「何を言うか」

「山下さまは刀の試し斬りがしたくて、本所まで出かけた。それで、通行人を襲おうとしたが失敗。それから夜鷹ふたりを殺した。そうでしょう？」

勝平が決めつけるように言った。

「なにを言いおる」

山下は苦笑いした。

「最初に襲おうとした男は山下さまの顔を見ています。さらに、両国橋、柳橋でも山下さまを見ている者もいます。野良犬が血のにおいを嗅ぎ分けて、山下さまに吠えていました。これが全ての証です」

目撃している者たちの話では、山下とは断定していないが、勝平は全てそういうことで話を進めた。

山下の眉間《みけん》に皺《しわ》が寄る。

「いきなり訪ねてきて、その言い草はないだろう」

「本当のことですから」

「とっとと引き上げろ。帰らぬと、無礼打ちに致すぞ」

山下は刀の柄に手を掛けた。

「やい、黙れ。てめえこそ、侍だからって威張りやがって。何の罪のない者をふたりも殺しておきながら、しらばっくれるとは、汚ねえ野郎だ」

勝平が啖呵《たんか》を切った。

そこまで言うかと、辰吉は驚いた。

すると、「無礼な奴め」と、山下は刀を抜き振りかざして、勝平に向かってきた。

勝平は体を翻し、山下の攻撃をかわした。

辰吉は咄嗟《とっさ》に山下に飛び掛かった。

すぐさま、山下はそれに気づき、辰吉に向かって刀を横に払った。

辰吉は身を躱《かわ》したが、切っ先が二の腕を掠《かす》った。袖《そで》が切れ、血がにじむ。

次の瞬間、勝平が山下の手を取り、足を掛けた。

山下はよろけなかった。

だが、そこに辰吉が襲い掛かる。

辰吉も山下の足を取って、ふたりで山下を倒そうとした。山下は勝平を足蹴《あしげ》にして、辰吉を振り払ってから、切っ先を交互に向けた。

辰吉と勝平は山下と睨み合った。

山下はどうするつもりだろうか。

裏門から逃げるかもしれない。

しばらく、三人は構え合ったまま、動かなかった。

木立から鳥がバサバサっと飛び立った。

その瞬間、山下は勝平に向かって刀を振りかざした。

勝平は後ろに飛びのいたが、山下がすぐさま次の攻撃をする。辰吉は背後から山下に飛び掛かろうとした。

山下はそれに気付いて、振り向いた。

その時、神社にふたつの影が現れた。

忠次と同心赤塚新左衛門であった。

ふたりは山下の背後に回り込んだ。

「山下殿、刀を捨てよ」

赤塚が十手を突き出した。

しばらくして、興奮していた山下は観念したように刀を鞘《さや》に収めた。

途端に、勝平が山下の体を押さえ、縄を掛けた。

赤塚がそこに近づく。

「大番屋で話をきく」

赤塚は勝平と一緒に山下を連れて行った。辰吉はその後ろ姿を見送った。

四

辰吉と忠次は鳥居に向かって歩き出した。

「親分、どうしてここが？」

辰吉は忠次にきいた。

「赤塚の旦那と見廻りをしているときに、自身番の者がお前と勝平がここの神社へ向かったと言っていたんだ。それを聞いて、すぐに山下のことだとわかった。何かあってはいけねえと、赤塚の旦那と一緒に来たんだ」

忠次は語った。

「そういうことだったんですか。ありがとうございます。おかげで助かりました」

辰吉は足を止め、忠次に頭を下げた。

「俺は大したことはしてねえよ。それより、俺はこれから花太郎親分のところにこのことを伝えてくる」

「じゃあ、あっしは『薩摩屋』に行きます」

そこで、辰吉は忠次と別れ、佐久間町の『薩摩屋』に寄った。山下を本所での殺しの下手人として捕まえたということを旦那に伝えようと思った。

暖簾をくぐり、土間に立つと、旦那が刀を磨いていた。

「旦那」

辰吉が呼びかけた。山下のことを伝えようとしたとき、

「ちょうどよかった。お前に頼みたいことがあるんだ」

旦那がいきなり言って来た。

「なんです?」

「この間、菊八の刀を売りに来た男が、ついさっきやって来たんだ。それで、また買い取って欲しいものがあると。それがなかなかの名刀で、こんなものをいくつも旗本が持っているのはおかしい。もしかしたら、盗人《ぬすっと》じゃないかと思っていたんだ」

「で、どうしたんです？」

辰吉は身を乗り出してきいた。

「いま手元に小判がなくて、明日用意するからもう一度来てくれと言ったんだ。その時にお前さんを呼ぶつもりだった。もし盗品だったら、その場で捕まえてもらおうと思って」

「そうでしたか。それは盗品でしょうね」

辰吉は山下の虎徹を神田同朋町の質屋に売りに来た本所相生町に住む男が、この男と同じように旗本に出入りする行商人で、その旗本の代わりに売りに来たと言っていることや、芝の女郎屋『高田家』で山下の虎徹を盗んだ三木助と名乗る男が年齢も職業も同じだったということを旦那に話した。

「明日の昼頃来ると言っていた」

旦那が言った。

「わかりました」

辰吉は頷き、

「それより、本所の殺しの件で山下さまを捕まえました」

と、伝えた。

「そうか。やっぱり、あの刀で……」

旦那は悔いがあるような顔をした。

「山下さまはいま大番屋で取り調べを受けています。また何かわかりましたら、伝えます。明日の昼頃にまた」

辰吉は『薩摩屋』を後にした。


それから、箱崎町の繁蔵の元へ向かった。

箱崎橋のところで、偶然にも手下の圭太を連れた繁蔵に出くわした。

「親分、お話が」

辰吉は声をかけた。

「なんだ？　山下を捕まえたか」

「ええ、いま大番屋で。それはそうと、親分は盗品の刀を売りさばく三木助って男に覚えがあるのですか」

辰吉は改まった声できいた。

「どうしてだ？」

繁蔵がきき返す。

「さっき、その話をしたときに目つきが変わりましたから。実はその男を追っているんです。明日捕まえられるかもしれないのですが、その前に親分がその男のことを知っていれば、聞きたいと思いまして」

「明日捕まえられるかもしれないって、どういうことだ？」

「実は『薩摩屋』というところに……」

と、三木助が今日新しい刀を持って来たことを話した。

「そうか。いや、特にわからねえが、なんとなく引っ掛かっただけだ」

繁蔵はそう答えるが、何か隠しているようだった。しかし、いくらきいても答えてくれなそうだ。

「俺も一緒に行く。俺もそいつに確かめたいことがあるから、報せてくれ」

繁蔵が言った。

「確かめたいことって？」

「まだ知らなくていい。確信が持てないから言わないだけだ。ちゃんとわかったら、お前にも話す」

辰吉ははぐらかされた。

「わかりました。じゃあ、とりあえず、また報告します」

そう言って、別れた。

そして、翌日の昼前。

雲が空一面に広がっていた。冷たい風が肌身に染み渡る。今朝、繁蔵の家に声を掛けに行ったが、近所に起きた揉め事で呼ばれた件で手が離せないそうだった。

辰吉はひとりで『薩摩屋』へ行った。

店には入ると、旦那はまだ三木助が来ていないということを辰吉に伝えた。

それから、三木助が来るまでしばらく待った。

九つを過ぎたとき、三木助が暖簾を分けて入って来た。三十手前で、顔色が悪く、どんよりとした目つきの男だった。

三木助は辰吉には見向きもせずに、

「旦那、いくらになりましたか」

と、きいてきた。

旦那は咳払いをして、辰吉を見た。

辰吉は三木助の顔を真剣な眼差しで見て、

「こちらの刀はどこで手に入れたものですか」

と、きいた。

「誰です？　あなたは？」

「通油町の忠次親分の手下で、辰吉って者です。芝の『高田家』で起きた刀泥棒の件で調べているんです」

「……」

「あなたですね？」

辰吉が睨みつけると、三木助は言葉を失くし、うろたえた。

それから、黙って店を出て走り出した。

辰吉はすぐさま追いかけて、三木助の着物の襟首を摑《つか》んだ。

「逃げるってことは、何かあるんだな」

辰吉が鋭い声で言った。

「……」

三木助は項垂《うなだ》れている。

辰吉は三木助を自身番に連れて行った。

「使わせてもらいますよ」

辰吉は奥の板敷の部屋に追いやった。

「菊八の刀と、芝の『高田家』で刀を盗んだことに違いねえな」

辰吉が鋭い目つきできいた。

「……」

三木助は俯《うつむ》いたまま何も発さない。

「おい、答えねえか」

辰吉は責めた。

「……」

それでも、三木助は黙っていた。

「お前の持って来た刀で何人も死んでいるんだ。下手したら、お前の仕業にされちまうかもしれないぞ」

辰吉が言うと、三木助は顔が蒼《あお》くなった。

「どうせ、白状することになるんだ。さっさと吐いたほうが、気が楽になるぞ」

辰吉は耳元で諭すように言った。

すると、三木助が顔を上げた。口を動かそうとしては、噤《つぐ》むということを何度か繰り返してから、

「間違いありません」

と、小さな声で言った。

「詳しくきかせてもらおう。まず、今回持って来た刀はどこで盗んだのだ」

辰吉はすかさずきいた。

「芝の女郎屋です。刀を預かっている部屋に入って盗みました」

「この間と同じ『高田家』か？」

「違うところです。『富士家《ふじや》』という近くのところです」

「『高田家』の盗みで味をしめたんだな？」

「ええ」

三木助が頷く。

「『高田家』は元々盗む目的で入ったのか」

「いえ、ただ遊びに行っただけです。そしたら、ある浪人が敵娼《あいかた》を奪っていったので、それで腹を立てて、そいつの刀を盗もうと思ったんです」

「さらに、その前に神田佐久間町の『薩摩屋』に刀を売りにきているな？」

「はい」

「それはどこで盗んだ刀だ？」

辰吉は鋭い口調できいた。

「……」

三木助は再び黙った。

「どこで盗んだんだ」

もう一度、きいた。

「盗んだんじゃないです。私の知り合いの浪人がいるんですけど、その男を訪ねて行ったら死んでいましして。それで、刀を持って来たんです」

「たまたま死んでいた？」

辰吉は訝しげに三木助を見た。

「はい」

三木助は目を逸らして頷く。

「その浪人はどうして死んだのだ」

辰吉は確かめた。

「誰かに殺されていたんです」

「殺されたってえなら大事じゃねえか。自身番などには報せたのか」

「いえ」

三木助は首を微《かす》かに横に振り、

「刀を盗んだので、そのことで言い出せなくって」

と、口にした。

だが、辰吉はその言葉を素直に信用することは出来なかった。三木助がその殺しに関わっているのかもしれない。

「殺しはいつあったのだ」

辰吉はきいた。

「八月一日です」

三木助が最初に刀を『薩摩屋』に売りに来たのは、八月二日のことである。ということは、前日にとって、すぐに持って来たのだ。

「殺されていた浪人の名は？」

「草野小次郎です」

「住まいは？」

「表茅場町です」

三木助がそう答えると、辰吉はあることを思い出した。表茅場町で殺しがあり、繁蔵が探索をしているということを聞いていた。

繁蔵は三木助のことを口にすると、反応を示した。そして、三木助に確かめたいことがあると言っていた。

「それ以外に刀を盗んだことはあるか」

辰吉はきいた。

「いえ、ありません」

三木助が首を横に振って否定する。

「では、全部で三件だな？」

辰吉は確かめた。

「はい」

三木助が頷いた。

「ちょっと、お前さんに話を聞きたいと言ってる岡っ引きの親分がいるから呼んでくる」

辰吉は家主に三木助のことを頼み、箱崎町へ向かった。

繁蔵の家に行くと、いつものように圭太が出迎える。

「親分は？」

「いま帰って来たばかりです」

圭太がそう言っているときに、廊下の奥から繁蔵がやって来た。

「親分、三木助を捕まえました。いま佐久間町の自身番にいます」

「よし、行ってみよう」

繁蔵が土間に下り、履き物に足を通した。

「表茅場町で知り合いの草野小次郎という浪人が殺されて、その時に菊八の刀を持って来たと言っていましたけど」

辰吉は伝えた。

「いや、それは言い訳にすぎねえ。下手人は三木助だろう」

繁蔵が家を出る。辰吉は付いて行った。

「どういうことですか？」

辰吉はきいた。

「殺しがあった夜、三十歳手前の行商人風の男が訪ねてきたと、草野の近所の者何人かが言っている。その男は慌てて、逃げていった。下手人と思われる男は、普段から草野の家に出入りしており、殺しの数日前に草野を訪ねて来た際、口論になっていたという。探索を進めていくうちに三木助に辿り着いたが、三木助は家を持っておらず、使われていない寺などで寝泊まりしているので、居場所が摑めないでいたんだ」

繁蔵が語った。繁蔵はそれをずっと追っていて、そのことを他の岡っ引きたちには言わないでおいたのだ。こうやって話してくれた以上、他の者を信用していないわけではないだろうが、繁蔵はなぜ言わなかったのだろう。もし、他の岡っ引きたちに話を広めていれば、もっと早く捕まえられたのではないか。

「親分、それなら言ってくれれば三木助を探すのを手伝ったのに……」

辰吉が言った。

「いや、三木助の罪はそれだけじゃねえんだ」

「それだけじゃないって？」

「草野と一緒に三か月前の箱崎、さらに半年前の芝で辻強盗をしていた疑いがある」

繁蔵がはっきりとした口調で言った。

その時、繁蔵が頑なにふたつの辻強盗の下手人は山下ではないと言い切っていたことの意味がわかった。その時から、繁蔵は草野と三木助が絡んでいると睨んでいたのか。

「じゃあ、親分はその件でも、三木助から話を聞きたかったわけですね」

「そうだ。ともかく、俺は三木助に全てを吐かせる。お前は花太郎のところに行って、事情を伝えておいてくれ」

繁蔵が頼んだ。

「へい、かしこまりした」

辰吉は芝神明町に向かって、歩き出した。

ふと、菊八の刀に思いを馳《は》せた。

山下の手に渡る前は、草野の元に菊八があった。草野はそれで、芝と箱崎でひとを殺している。それから、山下の元に菊八が渡り、山下も殺しをしている。これはただの偶然だろうか。それとも……。

雲の隙間から白い光が辰吉を照らしていた。

五

高輪《たかなわ》の大木戸を過ぎる頃には、薄闇《うすやみ》が夜に変わっていた。辰五郎とお里は数日ぶりに江戸の香りを嗅いだ。

それから、ふたりは日本橋横山町に向かってあとひと踏ん張り歩いた。

横山町に着いたのは五つ（午後八時）頃であった。

「遅くなっちまったな。疲れただろう。今日はゆっくりと休みな」

辰五郎は家の前でお里を労《ねぎら》った。

「はい、親分。何から何までありがとうございました」

お里が深々と頭を下げる。

「菊八によろしく伝えておいてくれ。じゃあな」

辰五郎はお里と別れて、大富町へ行った。

真福寺橋を渡ると、『日野屋』の灯りが見える。その時、ふと安心した気持ちになったのと同時に、どっと旅の疲れを感じた。

静かに家に入り、音を立てないように廊下を伝って、自分の部屋へ向かった。その途中、居間から話し声が聞こえた。

居間に寄ってみると、辰吉と凜が話していた。

ふたりは辰五郎に顔を向けた。

「お父つあんお帰りなさい」

凜が声を掛けてきた。

辰吉は「親父……」とだけ言った。

「疲れたでしょう？　いまお茶を淹《い》れてくるわ」

凜が立ち上がって、居間を出た。

辰五郎はちゃんと謝ろうと思ったが、

「この間はすまなかった。ちゃんと、花太郎親分にも謝ってきた」

と、辰吉の方から頭を下げてきた。

「いや、俺の方こそ」

辰五郎は短く返した。

「親父、聞いてくれ。昨日の昼間、山下左衛門を捕まえたんだ。本所の夜鷹殺しの下手人だった。大番屋で赤塚の旦那が問い詰めても、無言を貫き通すだけだったが、花太郎親分が来て説得すると、ようやく全てを白状した」

辰吉が真面目な表情で報せた。

それから、さらに続けた。

「山下は『薩摩屋』で菊八っていう刀を手に入れてから、自分でもわからないけど何かが弾《はじ》けるように、その刀で人を殺してみたい欲に駆られたそうなんだ」

「ちょっと、待て。いま菊八って言ったか」

「そうだけど」

「菊八の刀が山下の手にあって、それで人を殺した……」

辰五郎は眉間に皺を寄せて考え出した。

その時、凜が茶を持って戻ってきて、辰五郎の前に湯呑《ゆのみ》を差し出した。

「親父、どうしたんだ？」

辰吉が不思議そうに顔を覗き込んできた。

「菊八を知っている。菊八の刀を山下が持っていたということは、山下は菊八から刀を盗んだのか」

辰五郎はきいた。

「いや、山下は菊八を手に入れたばかりだ。その前は草野小次郎という浪人が持っていた」

「草野小次郎という浪人？」

「そうだ。草野は殺されて刀を盗まれた」

辰吉は頷いた。

「草野小次郎というのは、中肉中背で、眉が弧を描いている男ではないか？」

「繁蔵親分がそんなことを言っていた。親父はその男を知っているのか」

辰吉は驚いたようにきいた。

「そいつが半吉殺しの下手人かもしれない」

辰五郎が半ば確信を持って言う。

「半吉殺し？」

辰吉が首を傾げる。

「玉里と契りを交わしていた男だ」

「ああ、箱根の山中で殺されたっていう」

「そうだ。その殺しが草野という浪人の仕業だ」

辰五郎は強い語尾で言った。

「えっ、じゃあ、半吉の命を奪った刀っていうのは……」

「菊八の刀だ」

「草野はその後、半年前に芝、三か月前に箱崎で辻強盗をして殺している」

辰吉がどこか一点を見つめて言った。

「やはり、俺の考えていた通りだ。菊貞はそのことを注意したのだ」

辰五郎は自分の中で納得した答えを見つけた。菊八の刀で六人の命が奪われている。それから、辰吉に菊八が自信作を作ったが、それをきっかけに菊八は勘当されたことと、菊貞が作った刀で以前家老が乱心を起こして家来を何人か殺したことを伝えた。

「菊八の刀は、人を殺しに駆り立てるような力があった。菊貞は自分の失敗を踏まえて、それを倅に伝えたかったが、理解してもらえずに勘当したのだ」

辰五郎は言った。

「なるほど、『薩摩屋』の旦那もあの刀は何か違うと言っていた。そういうことだったのか」

辰吉が膝を叩き、

「あの刀は妖刀《ようとう》だな……」

と、しみじみ呟いた。

「とにかく、俺は明日、そのことを菊八に伝える」

辰五郎は決めた。


そして、翌朝、日本橋横山町へ行った。

店に入ると、すぐそばに親戚の菊松がいた。

「親分、お里のこと、ありがとうございました」

菊松が礼を言った。

「いや、いいんだ。それより、菊八はいるか」

「ええ、すぐに連れてきます」

菊松は奥へ行った。それから、すぐに菊八がやって来た。菊八がお里のことで礼を述べてから、

「お前が何故《なぜ》勘当されたのかがわかったんだ」

と、辰五郎は単刀直入に言った。

「え？」

菊八は驚いた顔をした。

「お前の作った刀で多くの命が奪われたんだ」

と、箱根の山中の殺しから芝、箱崎、本所の殺しを話した。

「菊貞は、その刀が人を殺したくなるように思わせる力があることに気づいていたんだ」

「じゃあ、全て俺のせいで……」

菊八は声を震わせ、愕然《がくぜん》とした。

「いや、全てがお前のせいじゃねえ。お前の刀は人の心を映す鏡のようなものだったのかもしれねえ。それを持つ者に邪悪な心があったから、殺しが起きただけのことだ。だが、ああいう刀はあってはならねえ」

辰五郎が言い聞かせた。

「はい」

菊八は素直に頷いた。

「なぜそんな刀が出来たんでしょう……」

「その答えはお前の親父に教えを乞《こ》うんだ。そうすれば、答えが見つかるはずだ」

「わかりました。親父は許してくれますかね」

「許すはずだ。菊貞だって、同じような刀を作ってしまったんだ。菊貞は自分と同じ苦しみを与えたくないから強く言っただけだ。お前を憎んでいるわけじゃねえ」

辰五郎が諭すように言うと、

「辰五郎親分の仰《おつしや》る通りだ。菊貞に会いに行け」

隣にいた菊松が口を挟んだ。

「刀はしばらく奉行所で預かるだろう。それから、お前のところに返すから、どうするかは菊貞と話して決めるんだ」

「親父も乱心した御家老に使われた刀は神社に奉納しましたから、あっしもそうしようと思います」

菊八が答えた。

辰五郎は店を出ると、喬太郎の家に向かった。


その頃、辰吉は花太郎に呼ばれて芝の家に行っていた。

「辰吉、お前の言った通り、山下が下手人だった。俺はそんな人間じゃないと思っていたんだけど。お前が山下のことを伝えに来たときに、素直にお前の言うことを聞き入れて、調べておけば、本所で殺しが起きることもなかっただろう。俺の過ちだ。本当にすまなかった」

花太郎が頭を下げてきた。

「親分、そんなことされちゃ、あっしも困ります」

「それにしても、山下はあんな奴じゃなかったんだ。刀に魅せられてしまったのが不幸だったんだ。大番屋で、山下は俺に泣きながら謝っていた」

「あの山下が？」

「そうだ」

花太郎が頷いてから、

「山下は浜松で菊八と出会った時に、菊八が作った別の刀に魅せられてしまった。その時は無理に手に入れたいとまでは思わなかったが、たまたま『薩摩屋』の前を通りがかったときに、菊八という名を聞いて、つい店に入って刀を見せてもらった。刀を抜いて、八方に光を放つ刀身を見ているうちに、無性に手に入れたくなった。その為《ため》なら何としてでも金を拵《こしら》えようと思い、八月四日の辻強盗を起こしたのだ。いざその刀を手に入れてみると、試し斬りをしたくなったそうだ」

と、山下について語った。

辰吉は頷きながら聞いていた。

あの刀にそんな力があるのだろうか。

「ただ、刀のせいで殺したわけではない。あの刀を持つことによって、心の悪いところが出て来るんだろう」

花太郎がしみじみ言った。

「それより、辰五郎と仲直りしたみたいだな」

「ええ、親分に言われた通りにしました。今夜は親父と呑み明かします」

辰吉は花太郎に告げて、引き上げた。

それから、おりさの働く『川萬』へ行った。

辰吉が店を覗くと、おりさは忙しそうに働いていたが、客の合間を見て、外に出てきた。

「何かあったの？」

おりさが心配そうにきいた。

「いや、今夜親父と一緒に呑むんだけど、付き合ってくれないか」

辰吉が誘った。

「わたしで、いいの？」

「もちろんだ」

辰吉が弾んだ声で答えると、おりさは嬉しそうに頷いた。辰吉はおりさのことを何と話そうか考えながら、心が浮き立っていた。

本書は時代小説文庫（ハルキ文庫）の書き下ろし作品です。

時代小説文庫
こ 6-37

親子《おやこ》の絆《きずな》にあらがって 親子十手捕物帳《おやこじってとりものちょう》5

著者 小杉健治《こすぎけんじ》
2020年8月18日第一刷発行

発行者 角川春樹

発行所 株式会社 角川春樹事務所
〒102-0074 東京都千代田区九段南2-1-30 イタリア文化会館

電話 03(3263)5247[編集] 03(3263)5881[営業]

印刷・製本 中央精版印刷株式会社

フォーマット・デザイン& シンボルマーク 芦澤泰偉

ISBN978-4-7584-4354-8 C0193

http://www.kadokawaharuki.co.jp/[営業]
fanmail@kadokawaharuki.co.jp[編集] ご意見・ご感想をお寄せください。